て／夫婦

岩井秀人

白水社

て／夫婦

装丁　土谷朋子（citron works）
写真　平岩享
コピー　久世英之

目次

て

登場人物

母　通子
父
太郎　長男
よしこ　長女
次郎　次男
かなこ　次女
井上菊枝　通子の母
前田　次郎の友人
和夫　よしこの夫
牧師
葬儀屋①
葬儀屋②

場面構成

プロローグ　教会での葬儀
A1　次郎の目線による山田家　18時頃〜19時頃
A2　次郎の目線による山田家　19時頃〜20時頃
A3　次郎の目線による山田家　翌朝
B1　母の目線による山田家　18時頃〜19時頃
B2　母の目線による山田家　19時頃〜20時頃
B3　母の目線による山田家　翌朝
エピローグ　火葬場

プロローグ　教会での葬儀

舞台中央に棺《ひつぎ》の乗った台があり、その上に木製の手が置いてある。棺を囲むように喪服《もふく》姿の山田家全員と和夫と前田、葬儀屋二人に牧師。通子《みちこ》が牧師の横に立つ。

うっすらと、パイプオルガンの讃美歌メロディーが聞こえている。

牧師　皆様…神様は…いますか？

皆　…

牧師　神様は、どこにいますか？

皆　…

牧師　それはね、、もう私にも分からない。これはね、こういった立場である私でも分からない。これは、「永遠の謎」であって、謎だからこそ逆に、私は、今、この道を選んで、、ゆっくりと、歩いているところです…ところで、井上菊枝《いのうえきくえ》さんは、ちょうど今日から、三日前に、お亡くなりになりました。ご家族に見守られながら、やすらかに、その人生を、終えました。

沈黙。

牧師　それでは、井上菊枝さんの娘さまから、（紙切れを取り出し）菊枝さんの思い出をここに書いていただきましたので、代わって私から、お話をさせていただきたいと思います。井上菊枝さんは、北海道の小樽《おたる》に生まれました。大正時代には珍しい一人っ子の菊枝さんは運動神経も良く、時折、リレーの選手にも選ばれていたそうです。足のとっても速い女性だったそうです。

葬式の並びから出てきて話し始める次郎と前田。

次郎　考えられない

前田　え？

次郎　おかしいだろあの神父、牧師？　知らないけど

前田　あぁあぁ、やっぱりそうだよね？

次郎　そうだよ

前田　や、皆普通にしてるからあんなもんなのかと思った

次郎　いやいやありえないでしょう…

牧師　そして、高等女学校を出たのち、ご家族と一緒に、東京へ、出てきたそうです。ここで、私が今ここでこの見ず知らずであるはずの菊枝さんの告別式でお話をさせていただくことになった因縁《いんねん》を感じずにはいられないのは、もしかしたら、神様がいるという証拠なのかもしれません。さきほど娘さまにも私は話しましたが、私はなんと、北海道、函館《はこだて》に育ちました。そして、小樽に、友人がおりまして、その友人というのが、菊枝さんのお家が経営していた「越中屋《えっちゅうや》ホテル」という、小樽でも歴史の深い、かつてユリ・ゲラーが泊まったと言われている、

次郎　（重ねて）ヘレン・ケラーだよ

前田　え？

牧師　由緒ある、ホテルでして、

次郎　ヘレン・ケラー。泊まったの。ユリ・ゲラーじゃなくて。

前田　あぁあぁそうなの？

次郎　そうだよ…

牧師　その、ホテルのことを、私の友人が…知っている。知っていた。これは、どういうことでしょうか。

次郎　（前田に）どういうことだよ

前田　（あきれて笑う）

牧師　そして菊枝さんに、待望のお孫さんが生まれました。菊枝さんご自身も、そして娘さんも一人っ子だったことがコンプレックスだったのか、非常に喜んだそうです。そして、お孫さんたちの帰りが遅い日にも、家の玄関先で、お孫さんたちの帰りを、日が暮れるまで、じっと、待っていたそうです。

次郎　…

牧師　…良く、分かりませんが。

次郎　（憤慨）何がわかんないんだよ？

よしこ　そうそうあんときホントびっくりした〜！
かなこ　ねー！

よしこ、かなこが葬儀の輪から出て、次郎達のほうへ近づく。

次郎　びっくりしたよね？
よしこ　したよ〜。私だけなんか聞き間違えたのかと思ったもん
次郎　や、絶対言ったよ
かなこ　言った言った
よしこ　だって皆、なにもなかったような顔してたから
次郎　そうそう
母　だって、あそこ（葬儀中）で文句言うわけにもいかないでしょ？
よしこ　まあそうだけどさ
かなこ　（次郎に）それに関係ないよね、自分とおばあちゃんの関係が因縁がどうこうって言ってたけど…
次郎　うん、「知り合いがホテルに泊まった」ってだけだよ。他人だよ他人

葬儀屋②　それでは出棺となりますので、皆様、お集まりいただいて、棺をお持ちください。

パイプオルガンで賛美歌「神ともにいまして」のメロディーが鳴る。
次郎と前田は喪服から私服へと着替え始める。
葬儀屋と牧師は退場。
父、母、太郎、よしこ、かなこ、和夫が棺を運び、戻ってくる。

母　牧師さんって、なろうと思えば誰でもなれちゃうからね、
次郎　あぁそうなんだ…
牧師　こちらお預かりします。

牧師が菊枝の遺影を通子から受け取る。

父　（次郎に）あそこの火葬場はあんなに立派なんだな、
次郎　（気のない返事）あぁ…
太郎　火葬場でも狂ってたな、あの牧師

次郎　あーあれもひどかった。歌でしょ？
太郎　歌。
かなこ　あー（笑う）
前田　なになに？
よしこ　でも、あれは結果的には良かったんじゃない？
次郎　は？　良かった？　どこが？
よしこ　や、あの強引さが。歌わされちゃったことが逆にさ。
次郎　おかしいおかしい、全然納得いかないよあんなもんあんなクソ牧師…
母　クソとか言わないの

父、母、太郎、次郎、よしこ、和夫、かなこ、前田が、舞台上に集まる。
時間は葬儀終了後となる。

母　前田君、今日は本当にありがとうね、
前田　あぁいえいえ、こちらこそ、お邪魔させてもらっちゃって、なんかありがとうございます、

母と太郎、去っていく。

かなこ　なんか前田君がここにいるの面白いね。
前田　（よしこに）あぁすみません、こんな、お葬式にまでおじゃましちゃって
よしこ　や、いいよいいよそんなの、前田君は半分うちの人だもん
前田　あはは いやいや
かなこ　あぁそっかあ、おばあちゃんとこ集まったときって、前田君もいたんだもんね
よしこ　うんそうそう
前田　ああまあ、
よしこ　だからきっとおばあちゃんも喜んでるよ。
前田　だといいですけどね、
次郎　や、でもあれは災難だったね、
かなこ　うんうんあんなとこに居合わせちゃってね
前田　いやいやそんなことないよ、
次郎　前田帰るって言ってたんだけど、俺が強引に引き留めて。そんで巻き込まれたから
よしこ　（去りながら）あぁそうだったんだ、じゃあ余計可愛《かわい》そうじゃないアハハ

前田　や、大丈夫でしたよホントに、

よしことかなこが去り、舞台上、次郎と前田、ベッドの上に座る生前の菊枝だけになる。

A1　次郎の目線による山田家　18時頃〜19時頃

前田と次郎が立っている。
どこからか「ギーッギーッ」と独特な鳥の鳴き声が聞こえ、二人の頭上を通り過ぎていく。

前田　や、やっぱ帰るよ、悪いよ
次郎　いいって大丈夫だから
前田　だって家族だけの集まりなんでしょ？
次郎　そうだけど、大丈夫だよ
前田　うー…
次郎　大丈夫だよ
前田　おばあちゃんは、元気なの？
次郎　やー、もう、大分《だいぶ》ぼけてきちゃったね
前田　あぁそうなんだ、
次郎　うん、でもお前こないだ連れてったときあれでしょ、覚えてたでしょ？
前田　あぁまあ、
次郎　なんかさ、身近な人のことは忘れちゃうみたいなのね、で逆にさ、たまに現れて、なんだか印象に残ってる人のほうが結構覚えてるみたいで、
前田　へーあそうなのへー
次郎　そうそう、あ、

次郎、鼻をほじっていた。大きな鼻くそが取れた。

次郎　やべえこれ見て
前田　は、なにそれ
次郎　見て見て見て

次郎、前田に近づく。

前田　え、何これ鼻くそ？　やだやだ何だよそれ
次郎　綺麗《きれい》だね〜って言ってアハハ
前田　やだよなんだよそれ
次郎　ほら〜
前田　やめろって！　鼻くそだろ！　それ鼻くそだろ！

二人、じゃれている。
母と太郎が現れる。母は頭に鳥の糞《ふん》がついている。
それを使い込まれたガーゼのようなもので拭《ふ》きながら。

母　なにしてんの
次郎　おお、
母　あぁ前田君。
前田　ああどうも
母　（次郎に）何してんの？
次郎　やー別に
母　ん〜…（怪しんでいる）
次郎　（母に）今日っておばあちゃん家《ち》だよね？
母　そうそう
次郎　（太郎に）お兄ちゃんも？　今日、来れるの？
太郎　あぁ…どこでやんの？
次郎　やおばあちゃん家
太郎　…あぁそう、
母　なに、前田君も来るの？　今日
前田　あぁ、え、大丈夫なんですか？
母　や大丈夫大丈夫おいでよ
次郎　大丈夫だよだっておばあちゃんだって知ってんだから前田のこと
母　あぁそうだよ
前田　あぁ、
次郎　（母のハンカチに気づき）何してんの？　それさっきから
母　あぁ、さっき、鳥の糞が。
次郎　鳥の糞？　落ちてきたの？
母　そうそう、もー
次郎　何それ、何で拭いてんの？
母　ん？　…あぁ、
次郎　もっとちゃんとしたので拭きなよ。
母　（太郎をチラリと見た）…

太郎　…

母　（次郎に）はいはい

次郎　（太郎に）今日、「全員集まる」って、お姉ちゃん言ってたよ

太郎　、、あぁそう、

次郎　そうそう、「山田家、全員じゃないと」って。すげー気合い入れてんの、へへ

太郎　…（頷《うなず》く）

次郎　（母に）おばあちゃんとこでしょ？　今日

母　あぁうん

次郎　おばあちゃん今、起きてるかな？

母　あぁ、さっき起きてたよ？

次郎　あそう（前田に）じゃ、ちょっと行ってみようか

前田　あぁ、うん

次郎　（母に）じゃちょっと行ってくる。

母　あぁ、はい、

次郎と前田は歩き出す。
母と太郎が遠ざかり、消える。

前田　お母さん、ちょっと綺麗になったんじゃない？

次郎　何を言ってるんだよお前は

前田　フフ

二人は菊枝の部屋へ入る。
菊枝の部屋にはベッドと、そのそばに椅子。ベッドの上には食事用のトレイがあり、お粥《かゆ》とお茶が置いてある。
菊枝はベッドの上で上半身を起こしている。片手に木製の手を持っている（冒頭で棺の上にあったもの）。本人の手でもあり時々弄《もてあそ》んだりしている。
部屋には出入り口が二つある。前田と次郎の入ってきた勝手口と、もう一つは玄関、応接間と太郎の部屋に続く階段のある出入り口。

次郎　起きてる？

前田　あ、こんにちは

菊枝　（お辞儀）あぁ、こんにちは、

次郎　おばあちゃん元気？

菊枝　おかげさまで。これ（自分の食事）、良かったらどうぞ、

次郎　いいよ、それ自分で食べなよ

菊枝　私はもう、お腹一杯なので…
次郎　あぁそう、、（前田に）まだ食べてないんだけどね
前田　ああ、ふふ

よしこの夫、和夫が勝手口から覗《のぞ》く。

和夫　次郎君
次郎　、おお、和夫君。もう着いたんだ。お姉ちゃんは？
和夫　いるいる、来てる。これお土産。
次郎　ああ、どうも、

和夫は袋から北海道の形のぬいぐるみを出し、次郎に渡す。
次郎、それを眺めて、

次郎　…（苦笑い）あぁ、ありがとう…
和夫　（頷く）…
次郎　あ…ふふ、、（菊枝に）食べないの？　温かくしようか？
和夫　…

和夫、去る。

菊枝　もうそんな結構です。ゆっくり休んでください。疲れてないですか？
次郎　やあ大丈夫だよ、おばあちゃんは？　疲れてないの？
菊枝　私はもう、大丈夫です
次郎　あぁそう、、
菊枝　（床を指さし）そこで休んでってください、
次郎　フフどこで
菊枝　そこ。皆寝てますから、、
次郎　…やめてよ怖いからぁ
前田　おおホホ
次郎　これ（ご飯）温めてくるから。食べなよね
菊枝　すみませんホント
次郎　あ、おばあちゃん、前田。前田ね。よろしく〜

次郎、応接間のほうへ去る。

菊枝　（頷いてる）

前田　こんにちは〜前田です

菊枝　こんにちは

前田　、

菊枝　よろしくお願いします

前田　ああ、よろしくお願いします。

　　沈黙。

次郎の声　なんだよこれ…

　　声のするほうを見る前田。

　　沈黙。

　　次郎がお粥を持って入ってくる。

次郎　…

前田　なに、どうしたの

次郎　なんか、応接間メチャクチャ…

前田　えー

次郎　（菊枝に）食べて。温かいから

菊枝　ありがとうございます

　　次郎、お粥をふーふーしながら温度をみている。

　　前田は応接間のほうに去る。

次郎　ちょっと熱いかな大丈夫か

前田の声　えーなにこれ！　どうしたの？

次郎　（前田に）ひどいでしょ

前田の声　うーん！　どうしたの？

　　前田、戻ってくる。

前田　なにあれ？　バイクの部品？

次郎　うん、車。マフラーとか。

前田　なにどうしたの？

次郎　知らない。お兄ちゃんでしょ。（菊枝に）ほい、

　　菊枝が木製の手で次郎の持っている匙《さじ》を取ろうとする。

次郎　無理だよだって…ほら、あーってして

次郎、菊枝の手をよけてお粥を口に運ぼうとする。
菊枝はそれをよけつつ、匙を取ろうとする。

次郎　(手を止め) なに、自分でやってみる?
菊枝　はい、大丈夫ですからホントに
次郎　(頷く) じゃあ、

次郎、菊枝の木製の手に匙を持たせる。

菊枝　(独り言) 痛い痛い
次郎　ごめんごめん

菊枝に匙を持たせ、お椀を近づける次郎。

次郎　はい、これで、自分で。

菊枝の手から匙が落ちる。

次郎　ほらほらほら

次郎が匙を拾っていると、突然菊枝が笑い始める。
きょとんとして菊枝を見る次郎と前田。

菊枝　アハハ! こないだもね、「マルー!」ってもう、本当に皆でやってくれるからね、私も「マルー!」って言って、返したの。
次郎　幼稚園の話? そこの?
菊枝　そうそう、皆もう、遊んでたんだけど、私が通るでしょ? そうすると、誰か気づいちゃうのよ。
次郎　うんうん
菊枝　それで、「おばあちゃんだおばあちゃんだ」って誰かが言っちゃやって、そしたら皆も気づいちゃって。「マルー!」(両腕を上げて丸を作る) ってこうやって、みんなで、
次郎　皆喜んでるんだ
菊枝　(ニッコリ)

と、太郎が玄関側の入り口のドアを開け、立っている。
北海道のペナントを持っている。前田がそれに気づく。

前田　あ、（お辞儀）

太郎　（お辞儀したような）…

次郎　（振り向き）あぁ、…

菊枝　だってね、大勢いるんだよ、あそこの幼稚園の、先生達もね、やってくれるの、「マルー!」って。いっつもね、あそこ通るたんびに。

太郎　通る「たんび」っつってもそれ、一回だけのことだけどね、

沈黙。

次郎　…あぁ、

太郎　それにもう今じゃさ、この人幼稚園の前通り過ぎたって、なん〜の反応もないしね

次郎　（頷く）

太郎　（前田に）なんかさ、いつ何があったのかってのを忘れるのはいいんだけどさ、なかったことまであったことになってたりするからね。

前田　あぁ、ふふ

太郎　飯もさ、食ったと思いこんでたり、さんざん食った後にまだ食ってないっつって言い張って、そんで食いまくって結局全部吐いたりさ…

前田　あぁ、、

沈黙。

太郎　（次郎に）今日なに? ホントに全員集まるんだ

次郎　…あれなに? （笑顔で）応接間、なんかゴミみたいなのバラ撒《ま》いてあるけど

太郎　、、まあゴミっていうか車の部品だけどね

次郎　（頷き）なんであれ、あそこに置いてんの?

太郎　…

次郎　あれ、片づけないの?

太郎　や、あそこに片づけてんだけど。なんで?

次郎　あ、じゃあさ、あそこじゃないとこにやってくんない?

太郎　…

次郎　…や、だってあの部屋、応接間だから

太郎　うん、だからなんで?

次郎　や、え、だって…応接間だから…

沈黙。

太郎　部品さびるから。外に置いておくと。だから部屋の中なんだけど
次郎　（重ねて）うんだからだから、ここおばあちゃんの家じゃない
太郎　うん、そんなの知ってるけど…じゃあどこに置いたらいいの？
次郎　どこ置いたらいいっていうか、えだっておばあちゃんまだ…生きて…生きてるじゃない
太郎　（頷き、少し笑いながら）生きてるよ
次郎　うん、そうでしょ？　うん、それで、そのおばあちゃんの家の、応接間に、応接間を、だから、ああいう使い方をするのは、どうなのって言ってて、今、
太郎　（重ねて）なになに？　生きてなかったら良いの？
次郎　…（キョトンとして見せ、笑いながら）は？
太郎　は？
次郎　なにを言ってんの？
太郎　なにをってなにが？　「生きてるのにあんなとこに置くな」って、そっちが言ったんでしょ？　じゃ生きてなかったらいいの？　なんなのそれ、それ良く分かんないんだけど
次郎　生きてなかったらいいなんて一言《ひとこと》も言ってないけど、
太郎　そうじゃなくて、
次郎　そうじゃなくて何？
太郎　、だから、おばあちゃんが、こういう状態の時に応接間をそりゃ使わないだろうけど、それを、だからってこういう状態だからって、そこにあんなにものを置くのはどうなのって…
次郎　別にこういう状態だからとか関係ないけど。
太郎　、関係ないの？
次郎　うん関係ないよ
太郎　じゃあおばあちゃんがこういう状態じゃなくっても応接間にあれだけ物を置くの？
次郎　…だから、お前はあそこに物を置くなって言ってんの？
太郎　、そうだよ？
次郎　うん、だから、じゃあどこに置けば良いんだよ

次郎　…え、え、ねえ、ここおばあちゃんの家だよね？
太郎　うんおばあちゃん家だよ。
次郎　そうだよね？
太郎　うん、は？　おばあちゃん家だけど？
次郎　おばあちゃん家でしょ？
太郎　や、だからそうだって、おばあちゃん家だって。
次郎　うん、そうでしょ？　そうだよね？

母が入ってくる。
母は太郎と次郎のそばを通って菊枝のそばへ。
後から入ってきたよしこは入り口辺りで立ち止まっている。

太郎　…だから、おばあちゃんの家だよここ。
次郎　…ここでしょ？　そうでしょ？　おばあちゃんとこでしょ？
太郎　だからそうだって。

沈黙。

よしこ　ただいま〜
前田　あ、どうも、
よしこ　あぁ、前田君ー
前田　あ、フフ、どうも、

太郎、玄関側のドアから出て行く。

よしこ　あ、お兄ちゃん
次郎　（よしこに）今日、全員来るんでしょ？
よしこ　予定では。（菊枝に近づく）おばあちゃん、

母は太郎の去ったドアを開け、覗いている。

次郎　あれお姉ちゃんあれは？　和夫君は？　さっき一瞬登場したよ
よしこ　うん来てる来てる、今、あれ、あっちの家に行ってる
次郎　あぁそう
よしこ　（菊枝に）おばあちゃん、ご飯食べてたの？
菊枝　こんにちは

よしこ　こんにちは〜よしこだよ。よしこ。
菊枝　（ニコニコ）はい
　　沈黙。
　　笑い合うよしこと菊枝。それを見ている次郎。
　　さらにそれを見ている前田。
次郎　ひどい、応接間、見た？
よしこ　なに？
次郎　、、なんか、応接間。
よしこ　うん、
　　母が勝手口から出て行きかけ、
母　ちょっとご飯準備、あれしてくるわ
よしこ・次郎　あぁはい
母　（行きかけ）なんか、欲しいもんある？　皆、
よしこ　（次郎を見る）…別に大丈夫じゃない？
　　母、去る。
よしこ　（菊枝に）ご飯ちゃんと食べてる？
菊枝　はい
　　よしこ、菊枝にお粥を食べさせる。
次郎　…なんか車の部品とか大量に散らかしてあってさ
よしこ　（頷き）お兄ちゃん？
次郎　（前田に）だっておばあちゃんにあんな言い方もおかしいでしょ？
前田　うん…
よしこ　え、なんだって？
次郎　なんか、忘れてきちゃってることあるでしょ、そういうのを訂正するのは良いんだけど、なんか幼稚園の話とか、子供にマルーってしてもらったって話、知ってる？
　　菊枝、マルーと次郎の声を聞くとまねする。
　　前田がそれを見ている。

よしこ　聞いたことある
次郎　それとかだってさ、別にさあ、楽しかった思い出なんだからどう話したっていいじゃん？　本人が感じたことなんだから。
よしこ　うん
次郎　それを全然冷たい上に「一度起きただけのことだ」って言って。
よしこ　ん～…
次郎　なんであんなきっついこと言うんだろうね、（前田に）ね
前田　うん、ちょっと、怖かったね、
よしこ　怖いよね…
次郎　なんだろうね、なんかあったのかね、
よしこ　…
次郎　まあ結構良く分かんないところあるからね、お兄ちゃん
よしこ　やー分かんないわ、、
前田　（前田に）一番結構ね、酷《ひど》い時に育てられたから。
次郎　あぁ、
前田　そんなのうちらだって一緒じゃん
よしこ　まあそうだけど、お兄ちゃんは特にじゃない？
次郎　（前田に）言ったじゃん。ボコボコにされたの
前田　あ、お父さんに。なんだっけ、
次郎　車のこんなの（手で形を作り）エンブレムじゃなくて、あるじゃない、「クラウン」とか「マークII」みたいの書いてあるやつ。あれをさ、剝《は》がして集めるのが流行《はや》ってたのね、中学の時に

かなこが料理の乗った盆を抱えて入ってくる。

かなこ　おお前田君
前田　あぁ、こんちわ
よしこ　お、来た？
かなこ　あぁ、お姉ちゃん
よしこ　うん、
かなこ　おかえり～
よしこ　ただいま～あ、偉い（料理を運んでいることに）

それぞれで挨拶して。

かなこ　前田君元気?

前田　うん元気元気

次郎　(重ねて)でそのマークⅡのあれをお兄ちゃんも集めてて、それ引き出しにいくつも入ってるのがばれて。父ちゃんに

よしこ　なんかＰＴＡとかで問題になってたんだってよ、その時に

次郎　ああそれで見つかったんだ。

よしこ　うんうん

次郎　それで見つかって、上で。上、今は兄ちゃん自分で住んでる部屋なんだけど、そこに父ちゃんに引きずって連れて行かれて木刀《ぼくとう》でボコボコにされて。

前田　木刀! うわあ、

かなこ　(前田に)なに?

前田　お父さんの、お兄さんと

かなこ　(頷く)あぁ、

次郎　それで隣のうちで俺部屋にいて、声とか聞こえてくるの、悲鳴、

前田　うんうん

次郎　それで父ちゃんだけ先、帰ってきて、兄ちゃん帰ってこないで、

前田　、うん

次郎　そんなのがあってお兄ちゃんもひね曲がったみたいなこともありそうだけどね

前田　へえ、お兄さんだけ? そういうことされたのって、

次郎　いやいや、皆やられてるよ

前田　あそうなんだ、

次郎　うん姉ちゃんもひどかったもんね(よしこに振る)

よしこ　ママ遅いね、

次郎　ん。

よしこ　ご飯取りに行くみたいなこと言ってたよね?

次郎　そうだね

かなこ　あぁ、いたよ。すぐ外

よしこ　あそうなの?

かなこ　うん

よしこ　なんで?

かなこ　…や、別に。いたけど…

よしこ　(頷く)あそう、ちょっと見てくるわ

次郎　あぁはい

よしこ、出て行く。

沈黙。

次郎 姉ちゃんも俺もだけど相当やられてるよ、姉ちゃんの一番ひどかったのはゴルフクラブでゴンつって。

前田 は？　ゴルフ？

次郎 うん血出したりしてたもん

前田 あぁそう…えそういうのは何？　なんか理由があってやってたの？

次郎 や別に理由とかっていうか酔っぱらって帰ってきて、なんか理由付けけちゃ一人ずつ呼び出すの。そんで勉強どーだとか将来どうすんだとかって言ってくんだけど。でもさ、中学生で将来とか言われてもしょうがないじゃん。そんで困ってると最終的にはなんだかんだ言って殴るの。そんなんばっか

前田 へーーーーー

次郎 (頷き)…だからうちらも、大体皆仕事とかし始めたらさ、ここ出てったからさ、お互い会わなくなってって。ま、だから今日みたいに皆集まるのとか、何年ぶりとかだもん、

前田 へえあぁそうなの。

次郎 うんうん

かなこ こっちに住むんだってよ。

次郎 え、は？　お姉ちゃん？

かなこ うん

次郎 えなんで？

かなこ やだからうちのことをなんとかしようって思ったんじゃやないの？

次郎 ああ〜、え、で、あっちの家は？

かなこ だから静岡の家も引き払って、こっちに住むんだって。

次郎 え、ほんとに？

かなこ うん。あと、おばあちゃんの面倒も見なくちゃって言うのもあんじゃない？。

次郎 …あーそうか、えーそうなんだ…

前田 あ、こっちに住むんだお姉さん

かなこ うんうんらしいよ

次郎 やでもね、だからそれも不思議だよ。俺はもう父

ちゃんどうとか思ってないけどさ、兄ちゃんとか姉ちゃんはだって相当やられたからね、よく今んなってさ、父ちゃんに会う気になるなって思うよ

前田　そうだよねえ

かなこ　私は私だけ無傷《むきず》だから。なんかただただ嬉しいもん。今日のこの集まりが

前田　へー、そのうちボッコボコにされるんじゃないの？

かなこ　ええ？　（笑いながら）やだなんでよ！

前田　えははゴルフクラブでカツーンて！

父が和夫と共にビールの入った袋と、一升瓶を持って入ってくる。

少し沈黙。

父　お、もう結構集まってるんだ。

前田　、（父に）あこんばんは…

父　あぁ、

沈黙。

父　（和夫に）テーブル、出そうか

和夫　あぁはい、

父　応接間にあるから、

父と和夫、去る。

鍋を抱えたよしこが入ってくる。

かなこ　いた？

よしこ　ママ？

かなこ　うん

母、入ってくる。

母　ごめんごめん、

次郎　あと…お兄ちゃんだけ？

よしこ　あぁ、お兄ちゃん仕事あるからって。

次郎　え？　じゃあ来ないの？

母　や

よしこ　（重ねて）や、仕事終わらせてから、来るって。

次郎　は？　仕事？　そんなこと言ってなかったよ

よしこの台詞の頃に、父と和夫が座卓を持って入ってくる。

次郎　じゃあいきなり全員じゃないじゃん。出たよ～

母　や、でも来るよ

よしこ　来る来る

父　（座卓を）ぶつけても大丈夫だから

和夫　はい

カラオケの「リバーサイドホテル」の前奏が聞こえてくる。

父　お、もう皆いるな

よしこ　お兄ちゃん後で来るって

父　そうか、

座卓が置かれ、宴会の準備をする。
よしこが菊枝の首に折り紙でつくった輪飾りをかける。
カラオケの「リバーサイドホテル」が聞こえてくる。

A2　次郎の目線による山田家　19時頃〜20時頃

父が「リバーサイドホテル」を歌っている。カラオケの伴奏によって、それぞれの人物の声はほぼ聞こえない。父の歌を聞いている様子があるのは和夫のみで、次郎はよしこと話し、かなこが前田にアルバムを見せて話している。

母は菊枝のそばに座り、皆を見ている。

少しして、太郎が入ってくる。よしこが迎え、笑顔で皆に何かを叫んでいる。それを聞いて次郎もかなこに何か言っている。全員が盛り上がる。「全員だ」と叫んでるようだ。かなこもビールを片手に前田に話しかけている。

次郎が舞い上がったまま、歌っている父のそばに行きマイクを奪うような形で歌い始める。父は腕を引っ張られるが、次郎のことは見ずに、マイクを引き寄せながら、淡々と歌おうとしている。太郎がそこに近づいていき、次郎のシャツをグイと引っ張って父から剝《は》がし、座らせる。兄の扱いに笑顔のままキョトンと兄を見る次郎。

太郎はその次郎には目もくれずに、座卓につく。

歌がサビ部分「ホテルはリバーサイド」の部分に入るところで母は歌う父の様子を見ているようだ。太郎も父の様子を見ているようだが、やがて母のほうを見ている。

歌のサビ部分が終わる。

携帯を手にした母が部屋を出て行く。それを追って外を見る次郎。母は部屋の外から、部屋の内側の方向をじっと見ながら電話で話している。しばらく母とその視線の先を見ていた次郎は、部屋の中へ戻ってくる。母は舞台上からいなくなる。次郎はよしこに話しかけるが、よしこは太郎に話しかけるのに夢中で、次郎を制する。次郎はマイクを手に再びよしこに笑いながら話しかけた後、相変わらずアルバムを見ながら前田と笑い合っているかなこに近づいていき、かなこのクビから下がったポシェットにそのマイクをこっそり忍ばせる。気づかないかなこ。そのことを次郎はよしこに伝えているようだが、よしこは相変わらず太郎に何かを話しかけている。次郎はよしこのそばを離れて、菊枝のそばの椅子に座る。よしこがリモコンと歌本を手にかなこになにやら話しかけている。すぐそばで笑ってみている前田。

父の歌が終わる。

和夫と話す太郎の表情は、次郎に対するモノとは対照的に穏やか。

太郎　ありがとうね、北海道の

和夫　いえいえいえ

太郎　結構車多いんだよねホント

和夫　そうなんですよ、びっくりして。

太郎　うんうん

和夫　そうですね〜、

太郎　本当にこっちに住むの?

和夫　あぁはい、

太郎　大丈夫なの? 随分遠《ずいぶん》くなっちゃうでしょ?

和夫　あ、でもそれは大丈夫です

太郎　なんかごめんね、強引な話だからなんだか

和夫　いえいえいえ、そんなそんな

太郎　まあでもそれは助かるからうちも色々

和夫　ええ、やっぱり色々考えて。

太郎　うんうんそっかそっか

この会話と同時に、よしことかなこの会話の以下の部分も行われる。

よしこ　一曲だけなら大丈夫でしょ?

かなこ　だから

よしこ　（カラオケ本を出し）なににする? リクエストしていい?

かなこ　や、だから歌わない。

よしこ　、分かった。デュエット。デュエットで。

かなこ　ねえやめてってて本気で。

よしこ　…やめてってて…

かなこ　…

よしこ　今日さ、みんな歌うから、、や、だって今日もう、皆歌ったじゃん。あとかなこだけじゃない、別に全員歌わないととかじゃ全然ないけど、一応さ。

かなこ　うんそうだけど、

よしこ　うん、ね、流れ的にはだって、、ねえ、、だって、え？　だって気になんない？

よしこのこの言葉に、和夫が反応し、少し沈黙になる。
太郎、次郎と和夫が、よしことかなこのほうを見る。

かなこ　…

和夫　（笑顔で）どうしたの？

かなこ　…

よしこ　（笑いながら）大丈夫大丈夫、見ないで見ないで

和夫　（頷き）ははは、

よしこ　（かなこに）ねえ気になんない？　自分だけ歌わない状態って…

かなこ　うんまあそりゃそうだけど、…

よしこ　そうだよね？　お兄ちゃんは来たばっかりだからあれだけど、歌ってないのかなこだけじゃない？、

かなこ　…ごめん…でも、うん…

よしこ　…どうして？

かなこ　…

よしこ　どうして？

かなこ　…

よしこ　今日さ、全員…（涙声で笑顔）家族全員集まってるんだよ？

父　（和夫に向かって、よしこの涙声を真似て）「集まってるんだよぉ？」…ははは、

沈黙。

よしこ　（泣いているが、笑顔で、時々自嘲《じちょう》気味に笑いながら）…それで、皆色々思ってることもあるけど、でも改めて一緒に一回集まって全員で、それで、改めて皆で始めようって思ってるんだよ？　だから私はかなこにさ、歌って欲しいってずっと言ってるんじゃない…

父　（真似て）「ずっと言ってるんじゃな〜い」フフ

沈黙。

よしこ　（かなこに）ねえ、、
かなこ　うん、、そうだけど、、
太郎　や、こんなとこじゃ歌いたくないんでしょ？

よしこはその太郎の言葉を聞いて、一度笑顔で頷いて見せるが、すぐに、さらに泣き顔になる。

しばらく沈黙。

よしこ　（笑顔）だってさかなこ、絶対、歌、一番うまいじゃない？
かなこ　…
次郎　（太郎に）そういうことを良く言えるよね
太郎　…
次郎　ねえ…
太郎　…？
次郎　ねえ？　（太郎に）
太郎　え、俺？
次郎　ああ

太郎　や、だってそうでしょ？

父が立ち上がり、かなこに近づき、よしこのリモコンに手を伸ばす。

父　よし、じゃ、かなこお前俺と一緒に歌おう、

よしこがリモコンを放さない。少し引っ張り合って、父が諦める。

よしこ　ちょっとパパ、今待ってて、（かなこ）ねえ
かなこ　なに
よしこ　歌おうよ
かなこ　…
よしこ　恥ずかしい？　恥ずかしかったら私も一緒に歌うよ？
かなこ　…
よしこ　はいはい、立って立って（かなこを立たせ、カラオケの本を開き）なににする？

かなこ、出て行く。

沈黙。

よしこ　…だって、あの子絶対一番歌うまいじゃない、

次郎　(頷き) そりゃそうだ、

よしこ　あの子歌ってくれないと、、、

前田が立ち上がって、出て行こうとする。

次郎　いいよいいよ前田、あっちの家に戻っただけだから多分

前田　あぁ、

前田、戻ってくるが、とくに居場所なく。

よしこ　いっつもそうなんだもん一人だけで冷静っていうかさ…

次郎　大丈夫だよ…

父　あれ？　マイクどこいった？　もう一個。

和夫　ないですか？

父　和夫君と、一緒にあれ入れたから

和夫　え、なんですか

「3年目の浮気」のカラオケ前奏が流れ始める。

和夫　あーあはは…

父　(マイクで) 皆様、もう一つのマイクを探してください、和夫君が大変困っております、

父の言葉がカラオケスピーカーから響くなかで、以下のやりとり。

次郎　(よしこに) まあ、嫌々《いやいや》歌ってもらってもね、仕方ないし

よしこ　だからなんで嫌々になんの…？

次郎　それは分からないけどさ

よしこ　だってバンドでは歌ってるんでしょう？

次郎　うんそうなんだけどさ

よしこ　だってせっかく集まったのにさあ

次郎　うん、でもまあ、空気があれなんじゃないの？

空気が

よしこ　だからそれこそ歌ってくれててもよくない？

次郎　だから、、

父が和夫と腕を組んで「3年目の浮気」を歌い始める。

次郎、リモコンでカラオケを止める。

沈黙。

父　お、どうした、

次郎はカラオケリモコンを床に放り、よしこに向き合う。

よしこ　バンドでは歌ってるんでしょ？

次郎　うんそうだけど、

よしこ　だったら一番歌ってくれて良いじゃない

次郎　や、そういうんじゃなくて、ほら、お姉ちゃんが言うさ、家族が「こんなに皆集まった」みたいなことをさ、やっぱり、そこまであいつは重要にっていうか、そういう風にはやっぱり受け取れないじゃない。うちら（太郎、よしこ、自分）とはほら、育った環境違ったから

よしこ　（それにしたって納得がいかないといった様子）ん〜…

太郎　何が違うの環境って

次郎　？…

太郎　そんなん俺だって別にお前らと全く同じ環境には育ってないよ。

次郎　…あそう

太郎　うん。

次郎と太郎、無言で見合っている。

次郎　…うん、じゃあなんで来たの？

よしこ　やめなよ

太郎　…や、一応見ておきたいものがあったから。

次郎　なにを。なにが。

太郎　…

次郎　（太郎に一歩寄り）ねえ、なにが？

よしこ　やめてよぉ、ね、

次郎　（よしこに）ちょっと待ってよ、（太郎に）なんなのそれ、なんかかっこいいの？　そういうことを言うの

が
太郎　は？　なに言ってんの？　お前。

父は太郎と次郎とよしこのやりとりを、和夫に向かって笑顔を見せながら眺めている。

次郎　は？　意味分かんない？
太郎　うん、全然分かんないけど
次郎　あそうじゃあ全然分かんないんじゃない？
よしこ　ねえ、ホントやめて。次郎、私も分かんないよそんな言い方じゃ
次郎　は？
太郎　ほら分かんないじゃん誰も
次郎　（よしこ）なにが分かんないの？
よしこ　ちがうちがう分かんないっていうか…でも怒ったりしないの。皆集まったんだよ？　折角《せっかく》
次郎　や知ってるよ、皆集まってるのは！　で、なにが分かんないの!?

次郎が太郎に近づこうとし、それをよしこが止める。

次郎　だってこの人（太郎）毎回あーゆーたぐいのことばっか言うじゃん！
よしこ　そうだけど、でも、皆が集まってるの。
次郎　だから集まってないじゃん！　かなこ帰ってんじゃん！
よしこ　…（頷いている）

沈黙があり、父が和夫のそばに笑顔でしゃがみ込む。

和夫　…

父は和夫の肩越しに太郎やよしこを笑顔で眺めながら話し始める。

父　（小声で）これが、私の、息子達です…嬉しいねえ…こうやって、いつのまにかね、こーんなに皆大きくなって、家族のために、一生懸命、それぞれの、それぞれの、価値観を、ぶつけて、家族を支え合ってる…

沈黙。

太郎　（笑いながら）ね、無理でしょ？
よしこ　…大丈夫だもん
太郎　無理じゃん
よしこ　無理じゃない！
父　（ガッツポーズみたいなの）ゴーゴーゴーゴー！　やれやれっ！
次郎　（父に）ちょっとホント今はちょっと大人しくしててよ
父　（ふざけて）あっ（和夫に）怒られちゃった。
和夫　…（笑顔）
父　（和夫と前田に）みっともないけどね、みっともないね。でもね、こうやって、バカにされたみたいにね、自分の、自分の生んだ息子にね、これはね、ほんっとうにね、嬉しいことなんだよ…優しいことなんだよ…俺もう涙出たいもんな…良く育ってくれたってね、、思うんだよ、本当に
次郎　…別にあんたに育てられてないよ
父　（笑顔）あっそっか、
よしこ　やめてよぉ
次郎　知ってる？　この人さんざん「お前ら誰に養ってもらってると思ってるんだ」って言ってたけど、、俺中学生ぐらいの時から一銭も家にお金入れてなかったんだって。
父　…
次郎　別にあんたに育てられてないわ
父　…
次郎　それで良くそういうことを言えるよね、
父　（笑顔）そうか、じゃあお前は金が欲しいのか。

沈黙。

父　だったらやるよ？　おう、いくら欲しいんだよ

沈黙。

次郎　じゃあ百万円ちょうだいよ
父　…（大きく一度頷き）おういいぞ、な、今ないけど、お前が百万円って言ったら、俺百万円やるよ、、

次郎　じゃあちょうだいよだから
父　だから今はないって言ってるんだろう⁉
次郎　じゃあ言うなよ！
父　（憤慨）じゃあな、お前、百万円って言ったな？
次郎　…うん…
父　（大憤慨）お前、百万円って言ったら、それなりの覚悟があって言ってんだな⁉　俺に、お前は百万寄こせって言って！　父親に！　百万寄こせって、な。それだけのものをお前は持ってるってことなんだな⁉
次郎　…
父　（笑顔で怒声）こいつがな！　俺の息子だよ！
次郎　…
父　これはな、凄《すご》いことなんだよ…ここまでの血液っていうのはね、、凄いことなんだよ、、

沈黙。
父は次郎を見ながら頷き、皆に笑顔を見せ、再び次郎へ笑顔を向ける。

父　…
次郎　ちょっと、笑うのやめて
父　あ、これは失礼しました。

沈黙。
父は頷き、無表情になる。が、うっすらと笑顔になる。

次郎　本当に。笑うのを、やめて。
父　（頷く）…（笑顔）
次郎　わらうな‼

沈黙。

太郎　無理だよ
次郎　アハハ…
太郎　俺、だって感心してたもん、お前達（次郎・よしこ）、一々《いちいち》この人に言い返してるの見て、よくやるな〜って。俺もう、それはないもん。無駄だもん。なんにも聞こえてないもん。
和夫　おにいさん、

太郎　…ありがとうね、こんなお家にお婿に来てくれて
和夫　そんなことホントに…

父が太郎のすぐ側に座り込んでいく。

父　太郎、お前はほんとに、変わらないな。俺は昔っから、お前が何考えてるか全然分からないんだよ、（座り直し、和夫に相談でもするように、）俺は寂しいんだよ…なあ…
太郎　…
父　（太郎を見た後、皆に）ほら、な？　分からないんだよ。こっちがこんなに心開いてな、「寂しいぞ」って、心を削って、恥をかいてかいて、伝えてもな、なんにも返ってこないんだよ…（太郎に）なあ！
太郎　…
父　（太郎を見た後、皆に）ほら、またこれだ。何度でもこういう仕打ちを俺は受けるんだよ。でも俺は諦《あきら》めないんだよ、（声を荒げ始め、立ち上がる）何度でも俺は立ち向かって行かなくちゃ行けないんだよ。これは父親だから俺は父親だから引き受けて、生きていくんだよ…これだけの暴力をね、体中に受けても、ガッとね、両腕で広げて、全身で、
次郎　（重ねて）暴力はそっちだろう？　今のは全部あんたのほうが暴力だよ！　ひどい暴力だよ
太郎　無理だって
父　（重ねて。次郎に）そうか、俺が暴力か。。それならそれでいいよ。でもさ俺は本当にさびし…
次郎　（重ねて）それならそれでいいじゃないんだよ。暴力だっつってんだよ。
よしこ　（泣きべそ）ねえホントにやめてよ
父　よしこ！　ごめんな！　これはパパ、黙ってることはできない。決闘のここで決闘の
次郎　（それを制して）ねえねえねえ！
父　ああ？
次郎　この人（よしこ）がなんで泣いてるかとかも分かんないでしょ!?
太郎　分かんないよ
父　分かってるよ！　俺は全部分かってるよ！
次郎　じゃあなんなんだよ!?
父　…かな
次郎　（重ねて）言ってみろよ！

父　…悲しいんだよ！　この子は！　いつだって悲しいんだよ！　だって、今だって皆泣いてんだろう!?　ここで、ここで皆が！　俺だって泣いてるんだよ今！　悲しいんだよ！

次郎　（重ねて）全部あんたの暴力でしょ。昔っからの。そんでおにいちゃんがあんたから見てノーリアクションなのも、それはあんたがそういう風にしたんだよ

沈黙。

父　…そうか、おれがそうしたか、じゃあすまない。それは本当に申し訳なかった、謝るよ……でも俺はな！　嬉しいんだよ！　死んでも良いって思ってんだよ　お前達のためならさ、今ここで殴り殺されても良いって思ってるよ

次郎　別にそんなことしたくないよ

父　あぁそうか、、それは嬉しいよ、俺は嬉しいよ

次郎　あんたじゃないんだから殴ったりなんかしないよ

父　…そうか！　じゃあな、お前、言ったな!?　じゃあ、お前はそれだけのことを

次郎　（重ねて）ボッコボッコボッカボッカ、理不尽に殴られてたらまっすぐ育つもんも育たないんだよ?

沈黙。

父　…（一つ一つ、力を込めて）俺は、理不尽に、手を挙げたことは絶対に、ないよ。

次郎　…ないの？

父　ないよ。

次郎　じゃあ何が理由でこの人（よしこ）ゴルフで叩いて、あの人（太郎）木刀でボコボコにすんの？

父　……愛情だよ

次郎　…

父　（泣き）愛情だよ

次郎　…（激怒）愛情って言うな!!

次郎は父の髪を摑《つか》み、引き寄せようとする。

次郎　（語順とかめちゃくちゃで。以下らしきことを叫ぶ）どこのバカが愛情でゴルフでたたいて愛情って言うん

だ!!

前田が次郎を父から引きはがす。
離れた際、父が次郎を蹴ろうとして空振りする。
和夫が父を押さえる。

前田　次郎！　次郎！
よしこ　次郎！
和夫　次郎君次郎君!!
次郎　死ね！

父、真っ赤な顔で笑顔。

次郎　笑うな！　笑うな！
父　(笑顔)
次郎　(父に) お前絶対呪ってやる！　お前絶対呪ってやる！
和夫　(同時に) お父さん！　今日は帰って！　お父さん！

カラオケマイクの音声で母の声が聞こえて、ドアが開き、母が覗く。

母の声　(スキャットマンジョン) ピーパットパラッパ、パッパッパラッパ…

皆、少しドアのほうを気にする。
マイクを手に笑顔で歌っていた母は真顔になり出て行く。

次郎と父の取っ組み合いが再開する。

次郎　(父に) お前、絶対呪ってやるから。死ぬまでずーーーーっと！
和夫　次郎君！　(父に) 行きましょう、一緒に行きます
父　(去り際に叫ぶ) 俺は嬉しいよ!!

父は和夫に抱えられながら、ドアを開け、出て行く。
前田、ドアを閉める。

しばらくの沈黙。

太郎　だって、言うだけ無駄だって、俺、ずいぶん前に
　分かったよ…
次郎　…
よしこ　…
次郎　それも無理なんだよな…
よしこ　そうだね…
太郎　そこが分からないんだよ…寝るわ

太郎、出て行くと、入り口にかがんだ状態で片手にマイクを持った母がいる。

太郎　？
母　（立ち上がり）え、どうした？
太郎　皆に聞いて
母　帰るの？

太郎、退場。
それを見送った母、入ってくる。

母　なに、喧嘩《けんか》したの？
よしこ　…
次郎　…
母　したんだ…（前田に）したんだ。
前田　あ、はい、、
母　怖かった？
前田　はい、や、大丈夫です
次郎　ちょっと駄目だ。外行くわあ

次郎、出て行く。前田、ついてく。
母とよしこのいる菊枝の部屋が遠ざかっていく。

よしこ　ねえ、離婚って考えたことあんの？
母　…

部屋の外で次郎と前田はそれを聞いて顔を見合わせる。

次郎と前田　…！

次郎は疲れ切った顔でさらに歩いていく。
遠ざかっていく、よしこと母のいる菊枝の部屋。

次郎　うー駄目だ。腹立つホントに…
前田　…
次郎　なんで母ちゃんも…だって何年だ？　…結婚してだって40年近いんだよ？　40年間あれの相手してきたんでしょ？　おかしいよ…もうどっか折れちゃってんだよ母ちゃんも…

沈黙。

前田　大変だね…ホントに。

沈黙。

次郎　行こう、片づけよう。
前田　うん
次郎　あ、前田良いよ片づけは。ゆっくりしてって。今日送るから。
前田　や、いいよでも送るのは。

次郎と前田、歩き始める。
菊枝の部屋が近づいてくる。
母もよしこも泣いている様子。
前田と次郎、入ってきて、二人の様子を見る。

次郎　…どうしたの？
母　（首を振り、よしこに）だから私は大丈夫だから。心配しないで…大丈夫だから。
よしこ　（頷き）わかった…片づけよっか
母　いいよ、今日は私片づけるから、あなたたちもう寝なさいよ
次郎　や、いいよいいよ、
よしこ　やるよ
母　ううん、ホントに、今日ホント、嬉しかったから私、ほんとうに、ありがとう…

沈黙。

母　だから、ね、片づけだけ、させて？

よしこ　…（頷き）分かった、じゃ、（次郎に）行こう。
それだけやってもらおう…

よしこと次郎、前田、出て行く。
一人残った母は座卓の上を少し片づけ、片付け終わると座卓を移動し始める。
その間、横になり、顔に布をかける菊枝。

A3　次郎の目線による山田家　翌朝

次郎が電話をかけながらウロウロしている。

次郎　もしもーし、今どこらへんですか？　え？　もしもーし。

電話が切れた様子。さらにちょっとウロウロする次郎。
棺を担いだ葬儀屋二人が現れる。

葬儀屋②　（地図を見て声を抑えて）だってお前、方角を考えろよ…車止めたのどこだよ

葬儀屋①　それはここです。
葬儀屋②　ホントだなお前…

沈黙。

葬儀屋①　その人（次郎）に聞いてみたらいいじゃないんですか
葬儀屋②　！（重ねて）お前聞こえてんだろ！
葬儀屋①　…なんですか
葬儀屋②　ちょっと静かにしろお前
葬儀屋①　、静かにしてたって見つからないじゃないですか
葬儀屋②　聞くっつったって聞けない状態だろう今お前、聞けない状態にしただろうお前が…
葬儀屋①　え？　なんでですか？
葬儀屋②　なんでですかじゃないだろ、「その人に聞いてみますか」って言ってから聞けるか？　その人に、何かを。
葬儀屋①　聞けないんですか？
葬儀屋②　聞くんならすぐ聞けば良いんだよ。それをお

前が一回「その人」ってあの人のこと決めちゃったら、あの人は俺たちにとって「その人」になっちゃうんだよ。なんにも関係持たないうちから、「その人」っていう空中に置かれちゃうだろう？

葬儀屋①　…正直ちょっと分からないです。

葬儀屋②　だからな例えばな俺とお前が他人だとしてな、で俺がまた別の誰かとさ、話をしてて、それをお前が見ててさ。そん時にお前のことをさ、俺が誰かと「その人がさあ」とかってこっそり話してたら、もう空気がおかしくなるだろう？　まだお前について俺と誰かがなんにも話してないときのほうがまだ空気が良いだろう？

葬儀屋①　とりあえず聞いてみて良いですか？

葬儀屋②　…早くしろ

葬儀屋①　(次郎に)すみません、19番地はそっちですか？

次郎　あ、あの、葬儀の、

葬儀屋①　あ、やっぱり、井上さんの？

次郎　あ、はい、あぁ！

葬儀屋①　ほら。

葬儀屋②　ほらって言うなお前。(次郎に)すみません〜

次郎　いえいえどうぞ。こちらです。

葬儀屋①　ありがとうございます

次郎と葬儀屋、菊枝の部屋へ。
葬儀屋は入り口に棺を置き、部屋へ入ってくる。
菊枝の部屋には母と太郎とよしこ、次郎とかなこがいる。

次郎　来たよ。

太郎　(よしこに)お前、帰ってくんな。静岡にいろ。静岡で自分を評価してろ

よしこ　…そんなの私の勝手でしょ

次郎　(母に)どうしたの？

母　…

沈黙。

葬儀屋②、葬儀屋①に目配せをする。

葬儀屋①　このたびはご…愁傷《しゅうしょう》様《さま》でした

皆、お辞儀する。

葬儀屋②　よし、じゃ、行こう

葬儀屋①　はい、

葬儀屋①②、退場する。

母　（皆に）これから、皆でおばあちゃん教会まで運ぶから

皆、頷く。

葬儀屋二人が棺を持って入ってくる。

棺をベッドの脇に並べて置く。

葬儀屋②　それでは、これから、そちらの教会まで、菊枝さんを運びます。棺に入れるのは、私たちのほうでやらせていただきます

葬儀屋二人で、菊枝の体を棺に入れる。

菊枝の体は左腕の脇がちょっと開いた状態で固まっていて、そのせいで棺に入らない。

葬儀屋二人は神妙な顔をしながらコソコソと何かを言い合っている。心配そうに見ている面々の前で、

葬儀屋①が菊枝を力ずくで棺に押し込もうとする。

「ポキッ」

と音がして、菊枝の体が棺の中にゴトリと落ちる。

沈黙。

葬儀屋二人は固まっている。

葬儀屋②はぎこちなく、蓋をしようとする。

葬儀屋①は大きく息を吸い、立ち上がる。

葬儀屋①　…すみません

母　…大丈夫です、続けてください、

葬儀屋②　（蓋をして）それでは、皆様で、運びましょう。

両脇に二人ずつ、ついてください。

かなこ、イスをベッドの横に戻す。母、太郎、よしこ、次郎、かなこ、棺に近づき、屈《かが》む。

よしこ いいよ私やるよ

母 平気?

よしこ うん…

葬儀屋② 棺を傾けますと持ちやすいです。

皆で棺を持ち上げる。

母は四人の兄弟が棺を持った姿を眺めている。

母 …

太郎 (激怒) お前ちゃんと持てよ!

かなこ 持ってるよ

太郎 ふざけんな! なんかおかしいだろバランス、お前んとこと俺んとこの!

よしこ やめなよ

棺、移動開始。

次郎 お兄ちゃん、いきなり激怒してたね。

母 ええ? 怒ってたっけ?

次郎 うん

母 怒ってた? そうだっけ

次郎 や、すんごい怒ってたじゃん

母 …

よしこ でも教会着いてから、お兄ちゃんあんなに泣くとは思わなかったけどね

次郎 ねー

母 え、教会行く前からずっと泣いてたよ太郎

かなこ や、教会着いてからだよ。

母 ええ?

次郎 教会からだったよねえ

よしこ うん、そうだと思うけど

母 そうだっけ?

母を残して、舞台上から棺を持った皆、退場していく。

ふらりと菊枝が棺から歩み出てくる。

母 …

菊枝　……

母　そうだっけ？

菊枝　……

菊枝はゆっくりと歩き、自分のベッドへと座る。
その姿をボーッと見ている母。

母　太郎、教会着く前からずーっと泣いてたよね？　あれ、教会着いてから泣いたんだっけ、太郎？　どうだっけ？

菊枝を見ていた母はうろうろと歩き始める。
菊枝の部屋が現れる。太郎が座っている。
母は菊枝の部屋の入り口ドア前に立つ。

B1　母の目線による山田家　18時頃〜19時頃

菊枝の部屋の前で立ってる母の頭の上に鳥の糞が落ちる。

母　!!

と、「ギーッギーッ」という独特な鳥の鳴き声が、母の頭上を通り過ぎていく。

母　（それを見送って）…やだ…

母は髪の毛についた鳥の糞に触り、愕然《がくぜん》としたまま空を見上げつつ、菊枝の部屋へと入っていく。
菊枝がベッドに座り、ボーッとしている。
そのすぐ脇で椅子に座りお椀を持った太郎がいる。
二人を見る母。

沈黙。

母　…食べてる？
太郎　あぁうん、あげる？
母　うん

母は太郎から受け取ったお粥を菊枝に食べさせる。

菊枝　すみません、ありがとうございます
母　何言ってんの

太郎は携帯をいじり始める。

母　おいしい？

菊枝　（頷いたんだかなんだか）
母　どっちよ
太郎　（母の頭について）え？　どうしたの？
母　なにが？
太郎　なにがって、頭。
母　あぁ、、え、分かる？
太郎　分かるよ。っていうか何それ？
母　鳥のフン。
太郎　鳥のフンって、、、落ちてきたの？
母　そうそう
太郎　ええ？　…なんか拭くもの、ないの？
母　ないんだよ～
太郎　ちょっと…

太郎は菊枝のテーブルに載っていた布巾を手に取り、

太郎　これ、いいかな、
母　え？　あ…
太郎　おばあちゃんの、ご飯の時用のだけど、、
母　ああ、

太郎　（菊枝に）おばあちゃん、これ、ちょっと借りていい？
菊枝　どうぞどうぞ、
母　ごめんね、ありがとう、、

母、その布巾で頭を拭き始める。
太郎、携帯の画像を菊枝に見せる。

太郎　これ、ほら…
菊枝　（それを見るが、遠慮がちに微笑み）綺麗ですね、桜がホントに
太郎　覚えてる？
菊枝　…
太郎　一緒に行ったでしょう？
菊枝　（太郎をじーっと見ている）どこ行ってたの？
太郎　…？　ん？　だから（携帯を示し）公園、
菊枝　ずいぶん探したんだよ？　公園？
太郎　…
菊枝　（母に）通子ちゃん今何時？
母　えー、六時。六時過ぎ
菊枝　（太郎に）太郎ちゃんあなたどこ行ってたの？　どこ

行ってるの？
太郎　…仕事、行ってるよ
菊枝　…（頷き）ああそう、もうすごいねえ…よっぽどだからね、ちゃんと働くっていうのは。

沈黙。

菊枝　ちゃんと、体、気をつけないと駄目
太郎　おばあちゃん見て、ほら、これ（携帯）
菊枝　…あー綺麗だったねー、
太郎　あ覚えてる？
菊枝　おぼえてるおぼえてる、また行こうね、また連れてってね
太郎　うんうん
菊枝　あなた大丈夫太郎ちゃん、車、気をつけるんだよホントに
太郎　うん
菊枝　ね、（頷き、母に）通子ちゃんもちゃんと言ってあげなきゃだめよ、
母　うん、はい。
菊枝　すぐバーっていっちゃうんだから太郎ちゃ…

沈黙。
菊枝はキョロキョロし始める。
母と太郎を不安そうに見て、部屋の入り口を伺う。

太郎　？
母　？
菊枝　（遠くに）通子ちゃーん
母　は〜い？
菊枝　（母を不思議そうに見て、再び遠くに）通子ちゃーん
母　はーい？
菊枝　…フフ…もうすぐ来ると思いますから
母　うん…
太郎　おばあちゃん、通子ちゃんはこの人でしょ？
菊枝　もうね、すぐ、来ると思いますから
太郎　ねえねえねえ
菊枝　（怖）はいはいはい
太郎　ね、太郎でしょ？　で、通子ちゃんの、息子でしょ？
菊枝　（うすら笑い）

太郎　ほらほら、さっき何話してた？　これ、（携帯）
菊枝　はい、はい、…（遠くに）通子ちゃーん、
太郎　通子ちゃんはこの人
菊枝　（遠くに）太郎ちゃーん
太郎　はーい。はい。ここだよ
菊枝　今日ほんとすみません、今日は誰もいないみたいですみません

沈黙。

太郎　…
母　行こう
太郎　…うん
母　お母さん、これ（布巾）借りるね、
菊枝　どうぞどうぞ、
母　じゃあね
菊枝　はい、また、

太郎と母は部屋を出て歩き始める。遠ざかる菊枝の部屋。

母、頭を拭いてる。
沈黙。太郎が立ち止まり、

太郎　やっぱ、思い出すときは思い出すんだよな…
母　そうだね

次郎達の声が聞こえてくる。

前田の声　やだやだ何だよそれ
次郎の声　綺麗だね〜って言って。

前半同様、取っ組み合っている前田と次郎の姿が現れる。

前田　やだよなんだよそれ
次郎　ほら〜
前田　やめろって！　鼻くそだろ！　それ鼻くそだろ！
母　なにしてんの
次郎　おお、
母　ああ前田君。

前田　ああどうも
母　（次郎に）何してんの？
次郎　やー別に
母　ん〜…（怪しんでいる）
次郎　（母に）今日っておばあちゃん家だよね？
母　そうそう
次郎　（太郎に）お兄ちゃんも？　今日、来れるの？
太郎　ああ…どこでやんの？
次郎　やおばあちゃん家
太郎　…あぁそう、
母　なに、前田君も来るの？　今日
前田　あぁ、え、大丈夫なんですか？
母　や大丈夫大丈夫おいでよ
次郎　大丈夫だよだっておばあちゃんだって知ってんだから前田のこと
母　あぁそうだよ
前田　あぁ、
次郎　（母のハンカチに気づき）何してんの？　それさっきから
母　あぁ、さつき、鳥の糞が。
次郎　鳥の糞？　落ちてきたの？
母　そうそう、もー
次郎　何それ、何で拭いてんの？
母　ん？　…あぁ、
次郎　もっとちゃんとしたので拭きなよ。
母　（太郎をチラリと見た）…
太郎　…
母　（次郎に）はいはい
次郎　（太郎に）今日、「全員集まる」って、お姉ちゃん言ってたよ
太郎　、、あぁそう、
次郎　そうそう、「山田家、全員じゃないと」って。すげー気合い入れてんの、へへ
太郎　…（頷く）
次郎　（母に）おばあちゃんとこでしょ？　今日
母　あぁうん
次郎　おばあちゃん今、起きてるかな？
母　ああ、さっき起きてたよ？
次郎　あそう（前田に）じゃ、ちょっと行ってみようか
前田　あぁ、うん

次郎　（母に）じゃちょっと行ってくる。
母　あぁ、はい、

次郎と前田が遠ざかっていく。

前田　お母さん、ちょっと綺麗になったんじゃない？
次郎　何を言ってるんだよお前は

母と太郎、見送ってから、歩き出す。

太郎　何しに行ったの？
母　？　おばあちゃんとこ？
太郎　うん、あいつら
母　、会いに行ったんじゃない？
太郎　何しに？
母　…話しに、、
太郎　友達連れて？
母　…

沈黙。

太郎　なんか、、あいつ（次郎）とか、結構平気そうなんだよな…おばあちゃんぼけたのとか…
母　…フフ

沈黙。

母　まあでも、あなたはだって、おばあちゃんとこで育ったようなもんじゃない。ほとんど。おばあちゃん元気だった頃、よく知ってるでしょ？　一番。
太郎　…（納得いかない）
母　うん、そうだよ。あの子達はだって、たまに会える…なんだ、たまに会える、あれじゃない
太郎　…
和夫の声　どうもー
母　あぁ、着いてたの
和夫・よしこ　今

よしこと和夫が現れる。和夫が大きな紙袋を持っている。

よしこ　（太郎に）久しぶり〜
太郎　うん
よしこ　元気？
太郎　（頷き、和夫に）あれ、どっか行ってたんでしょ？
和夫　ええ
よしこ　（重ねて）北海道
母　どうだった？
よしこ　良かったよ〜
和夫　結構、車が多いんですね
太郎　あぁそう
よしこ　あ、お土産、

和夫が紙袋から北海道のペナントを太郎に渡す。

太郎　おぉ！
和夫　ちょっと、網走《あばしり》まではいけなかったんですよ
太郎　や、でも北海道の持ってないから
和夫　あそうですか、じゃあ良かった
よしこ　必死に探してたもんね

母　和夫くん？
よしこ　うん。
和夫　いやいやでもすぐ見つかったんで
太郎　どもども、

よしこが紙袋からパズルを出す。

よしこ　ママパズルね
母　やった〜ありがとう〜
よしこ　いえいえいえ
和夫　（母に）次郎君とかなこちゃんは？
母　あ、次郎今丁度《いまちょうど》おばあちゃんとこ、
和夫　あぁ
母　かなこ見てないな。うちかな、
和夫　あそうですか、じゃ、（よしこに）ちょっと次郎君だけ、行ってきちゃうね
よしこ　あぁうんうん
和夫　（母に）ちょっと、すみません。

和夫、お土産を持って去る。

よしこ　（太郎に）今日大丈夫？
太郎　あぁ、（頷く）どこに集まんの？
よしこ　うん、おばあちゃんとこ
太郎　…
よしこ　（頷き、母に）かなこいないの？
母　帰ってると思うけど
よしこ　あそっか、までも連絡はしてあるから
母　うんうんじゃ大丈夫だよ

太郎、携帯をいじり始める。

よしこ　おにいちゃんちょっと、カラオケしようよ
太郎　やだよ、
よしこ　えーなんで
太郎　え、カラオケでしょ
よしこ　うん、折角おばあちゃんとこあるんだし、パパも好きでしょ
太郎　あ、ごめん、ちょっと、行きます、

太郎、携帯をいじりながら去る。

よしこ　（太郎に）待ってるよー

入れ違いで和夫が戻ってくる。

和夫　お待たせ〜
よしこ　（和夫に）どうだった？　喜んでた？
和夫　（満面の笑み）すんごい喜んでた。
よしこ　おー。え何あげたの？
和夫　や、それは内緒。
よしこ　（頷き、母に）そうだ、そこ、教会幼稚園、色塗ったんだね。
母　あぁ、初めて？
よしこ　うん、結構最近でしょ？
母　や、二か月くらい前じゃない？
よしこ　あぁそうか、二か月も来てなかったかあ、
母　うん、かっこよくなったよね
よしこ　そお？
和夫　お父さんは、こっちに（家を指さし）いますか？

郵便はがき

おそれいりますが切手をおはりください。

101-0052

東京都千代田区神田小川町3-24

白水社 行

購読申込書

■ご注文の書籍はご指定の書店にお届けします。なお，直送をご希望の場合は冊数に関係なく送料300円をご負担願います。

書名	本体価格	部数

★価格は税抜きです

（ふりがな）

お名前 （Tel. ）

ご住所 （〒 ）

ご指定書店名（必ずご記入ください）	取次	（この欄は小社で記入いたします）
Tel.		

『て／夫婦』について　(9420)

■その他小社出版物についてのご意見・ご感想もお書きください。

■あなたのコメントを広告やホームページ等で紹介してもよろしいですか？

1. はい（お名前は掲載しません。紹介させていただいた方には粗品を進呈します）　2. いいえ

ご住所	〒　電話（　）		
(ふりがな) お名前	（　歳） 1. 男　2. 女		
ご職業または 学校名		お求めの 書店名	

■この本を何でお知りになりましたか？

1. 新聞広告（朝日・毎日・読売・日経・他〈　〉）
2. 雑誌広告（雑誌名　）
3. 書評（新聞または雑誌名　）　4.《白水社の本棚》を見て
5. 店頭で見て　6. 白水社のホームページを見て　7. その他（　）

■お買い求めの動機は？

1. 著者・翻訳者に関心があるので　2. タイトルに引かれて　3. 帯の文章を読んで
4. 広告を見て　5. 装丁が良かったので　6. その他（　）

■出版案内ご入用の方はご希望のものに印をおつけください。

1. 白水社ブックカタログ　2. 新書カタログ　3. 辞典・語学書カタログ
4. パブリッシャーズ・レビュー《白水社の本棚》（新刊案内／1・4・7・10月刊）

※ご記入いただいた個人情報は、ご希望のあった目録などの送付、また今後の本作りの参考にさせていただく以外の目的で使用することはありません。なお書店を指定して書籍を注文された場合は、お名前・ご住所・お電話番号をご指定書店に連絡させていただきます。

母　いるよ。あ、お土産？

和夫　あ、はい、じゃ、ちょっと行ってきます

和夫、去る。

よしこ　うん、お願いしまーす

母　行ってらっしゃい

和夫　はーい

沈黙。

よしこ　お兄ちゃん、来そう？

母　来るって言ってたよ？

よしこ　（頷く）

沈黙。

よしこはポケットからお菓子を出し、食べ始める。

お菓子を母にも分ける。二人でお菓子を食べながら。

母　あなたホントにこっちで仕事するの？

よしこ　うん、私はね、かず君は向こうに通って

母　そっか…大変ね

よしこ　や、大変さはこっちに帰ってきたほうがむしろないから…

母　（頷き）あそう。なに、なんなの？　お母さん？　お姉さん？

よしこ　（重ねて）お姉さんお姉さん

母　（頷く）ああそう、

よしこ　アレと同じ敷地に住むのは…無理だわ。

母　…（頷く）でも、あなたこっち住んでたらいいわよ、賑《にぎ》やかで

よしこ　ふふ、

沈黙。

母　うんうん行っといで

よしこ　ちょっと、おばあちゃんに会ってくる

よしこ、去る。

母、一人で手に持ったパズルを眺めている。

牧師が通りかかる。

牧師　あぁあぁ
母　あぁ、
牧師　ちょっと今、お話いいですか?
母　、はい。
牧師　はい、あのう、お母様のことなんですけども
母　はいはい
牧師　北海道のご出身というお話を聞きまして…
母　えぇ
牧師　北海道なんですか?
母　えぇあぁはい、そうですね、
牧師　あぁそうですか、、
母　ええ、、
牧師　…どちらですか?　北海道の…
母　あ、小樽
牧師　小樽!
母　あ、はい…
牧師　…それは本当ですか?　わざとあれしてるんじゃなくて?

母　、や、え、わざとって、え?
牧師　や、だから僕のことをあれして、わざとあれしてるんじゃないですか?　っていうことです
母　や、別に、そういう、え?
牧師　(頷いている)…でもこんな話はあれかもしれない、失礼かもしれない。でも言いますけども、あの、奥様の、お母様が、我々の教会での葬儀をご希望なさっているというのは、奥様も、ご存じ?
母　あぁ、はいそれは
牧師　そうですか…そうですか…
母　…
牧師　…これはね、ちょっと…なにかの働きだとは思うんですよ、働きかけだとは思うんですよ、何かしらの。
母　…ええ、
牧師　ちょっと、このその、葬儀はやはり、私たちに、任せて、いただけないでしょうか、、
母　あ、
牧師　ちょっと私としても、まあこういう身ですから、お母様を通して皆様にね、何かしらお伝えできることがあると思うんですよ、あるんですよ、

母　あぁ、

よしこが現れる。急いでる。

よしこ　(牧師に) あ、こんにちは

牧師　こんにちは

よしこ　こんにちは、(母に) ちょっと、良い？ (牧師に) ごめんなさいすみません

牧師　いいえいいえどうぞどうぞ

母　なに？

よしこと母が移動し、牧師は退場。
太郎と次郎の声が聞こえてくる。
菊枝の部屋が近づいてくる。

太郎の声　うん、は？　おばあちゃん家だけど？

次郎の声　おばあちゃん家でしょ？

太郎の声　や、だからそうだって、おばあちゃん家だって。

次郎の声　うん、そうでしょ？　そうだよね？

太郎と次郎、前田が現れる。
部屋の前でよしこを振り返る母。

母　？

よしこ　…(困った表情で「部屋の中に行って」という合図をする)

母とよしこは菊枝の部屋に入る。
母は太郎と次郎のそばを通って菊枝のそばへ。
よしこは入り口辺りで立ち止まっている。

太郎　…だから、おばあちゃんの家だよここ。

次郎　…ここでしょ？　そうでしょ？　おばあちゃんとこでしょ？

太郎　だからそうだって。

沈黙。

よしこ　(ゆっくりと入ってきながら) ただいま〜

前田　あ、どうも、

よしこ　あぁ、前田君ー
前田　あ、フフ、どうも、
太郎、玄関側のドアから出て行く。
よしこ　あ、お兄ちゃん
次郎　（よしこに）今日、全員来るんでしょ？
よしこ　予定では。（菊枝に近づく）おばあちゃん、
母は太郎の去ったドアを開け、覗いている。
次郎　あれお姉ちゃんあれは？　和夫君は？　さっき一瞬登場したよ
よしこ　うん来てる来てる、今、あれ、あっちの家に行ってる
次郎　あぁそう
よしこ　（菊枝に）おばあちゃん、ご飯食べてたの？
菊枝　こんにちは
よしこ　こんにちは〜よしこだよ。よしこ。
菊枝　（ニコニコ）はい

沈黙。
笑い合うよしこと菊枝。それを見ている次郎。
さらにそれを見ている前田。
次郎　ひどい、応接間、見た？
よしこ　なに？
次郎　、、なんか、応接間。
よしこ　うん、
母が勝手口から出て行きかけ、
母　ちょっとご飯準備、あれしてくるわ
よしこ・次郎　あぁはい
母　（行きかけ）なんか、欲しいもんある？　皆、
よしこ　（次郎を見る）…別に大丈夫じゃない？
母、出て行く。
遠ざかる次郎、前田、よしこ、菊枝。
母、歩いている。

ペナントを持ってボーッとしている太郎。
それを見つけて立ち止まる母。

母　…

沈黙。

太郎　ん？　なに？
母　（首を振る）
太郎　…
母　…
太郎　…なに？
母　（首を振る）
太郎　（頷く）…

沈黙。

母　…知ってる？
太郎　…なにを？
母　…聞いたことある？

太郎　…だからなにを？
母　パパが…「リバーサイドホテル」歌うの。
太郎　…や、聞いたことないけど。
母　…
太郎　…なに？
母　フフ、パパねリバーサイド歌うときにね、あれ、「ホーテルはリバーサイド」ってとこあるでしょ、それであそこの「ホーテルは」っていうところと、「リバーサイ」ってとこのね、間《ま》がね、すごい長いの
太郎　…
母　…フフ（笑いながら）それで、その間をすごくためるから、すごい長いから、その後の「リバーサイ」がすっごいこんな短くなっちゃうの
太郎　…
母　…フフ、一度聞いてみたほうが良いよ
太郎　………（頷く）

沈黙。

太郎　……（母をじっと見ている）

母　…なによ…

かなこが料理の乗った盆を抱えて入ってくる。

かなこ　おぉ、
母　あぁ、行くの？
かなこ　うん、、もう皆いるの？
母　や、まだ皆じゃなかったかな、
かなこ　あそう、、

かなこ、去っていく。
沈黙。

太郎　無駄だと思うけどね、
母　なに
太郎　これ。ああいう集まりとか。
母　ふふ、そんなこと言ったたって…
太郎　、、なんでわざわざあそこでやんの…
母　う〜んフフ…でもホント聞いたほうが良いよ。「リバーサイドホテル」。

太郎　…

よしこが来る。

よしこ　お、いた。
母　あぁ
よしこ　何話してんの？
母　、カラオケの話。
よしこ　おお、やろうよ。ね。
太郎　…
母　あたしと歌えば良いのよ。
よしこ　おお、そうしてよ。（母に）おかずって、あっちの家？
母　あぁそうそう。取ってこようか？
よしこ　あぁ、いいよいいよ、台所？
母　あぁうん、え、重いよ？
よしこ　大丈夫だよ

よしこ、去る。

よしこの声　おー
父の声　なんだ、皆もういるの？
よしこの声　ほとんどー
父の声　そっか
和夫の声　なんか手伝う？
よしこの声　平気〜

父と和夫が現れる。
父、一升瓶と、ビールの入った袋を持っている。

父　おお、
母　ああ、

沈黙。

父　、、もう皆いるの？
母　大体、
父　あそう、、なにしてんの？　行かないの？
太郎　ちょっと仕事してから、すぐ
父　（頷く）

父、和夫、去る。

太郎　和夫君も大変だ、来るたびにあれに付き合わされて
母　あれそんなことないらしいよ、なんか、よしこが聞いたんだって、和夫君に。ありがとうって。助かるって。そしたら、和夫君、パパのこと面倒とか思ったこと一度もないんだって。
太郎　へー
母　だから作りが違うんだよきっと
太郎　なに、作り、、
母　うん、内面のさ…
太郎　へー、、

鍋を抱えたよしこが入ってくる。

よしこ　（鍋のこと）すごいねー。
母　足りるかね
よしこ　足りるでしょう。行こう。さあ、皆。行きましょう

母　（立ち上がり）行こうか
よしこ　うん

母とよしこ、行きかける。

太郎　もうちょっとしたら行くわ
よしこ　なに、どうしたの
太郎　…
母　行かない？
太郎　ちょっと、、仕事もうちょっとだけだから、それやって、
よしこ　、じゃ、急いでください

太郎、二人とは別の方向に去る。
母とよしこ、歩き始める。
次郎、前田、かなこのいる菊枝の部屋が近づいてくる。

かなこ　いた？
よしこ　ママ？
かなこ　うん
母　ごめんごめん、
次郎　あと…お兄ちゃんだけ？
よしこ　あぁ、お兄ちゃん仕事あるからって。
次郎　え？　じゃあ来ないの？
母　や
よしこ　（重ねて）や、仕事終わらせて、来るって。
次郎　は？　仕事？　そんなこと言ってなかったよ

よしこの台詞の頃に、父と和夫が座卓を持って入ってくる。

次郎　じゃあいきなり全員じゃないじゃん。出たよ〜
母　や、でも来るってよ
よしこ　来る来る
父　（座卓を）ぶつけても大丈夫だから
和夫　はい

カラオケの「リバーサイドホテル」の前奏がかかる。

父　お、もう皆いるな

よしこ　お兄ちゃん後で来るって

父　そうか、

座卓が置かれ、宴会の準備をする。
よしこが菊枝の首に折り紙でつくった輪飾りをかける。
カラオケの「リバーサイドホテル」が聞こえてくる。

B2　母の目線による山田家　19時頃〜20時頃

以下は前半と同様。

父が「リバーサイドホテル」を歌っている。カラオケの伴奏によって、それぞれの人物の声はほぼ聞こえない。父の歌を聞いている様子があるのは和夫のみで、次郎はよしこと話し、かなこが前田にアルバムを見せて話している。

母は菊枝のそばに座り、皆を見ている。

少しして、太郎が入ってくる。よしこが迎え、笑顔で皆に何かを叫んでいる。それを聞いて次郎もかなこに何か言っている。全員が盛り上がる。「全員だ」と叫んでるようだ。かなこもビールを片手に前田に話しかけている。次郎が舞い上がったまま、歌っている父のそばに行きマイクを奪うような形で歌い始める。父は腕を引っ張られるが、次郎のことは見ずに、マイクを引き寄せながら、淡々と歌おうとしている。太郎がそこに近づいていき、次郎のシャツをグイと引っ張って父から剝がし、座らせる。兄の扱いに笑顔のままキョトンと兄を見る次郎。

太郎はその次郎には目もくれずに、座卓につく。

歌がサビ部分「ホテルはリバーサイド」の部分に入るところで母は歌う父の様子を見ているようだ。太郎も父の様子を見ているようだが、やがて母のほうを見ている。

歌のサビ部分が終わる。

以下からが変わる。

母が携帯を手に部屋を出て行く。それを追ってドアを開け、外を見る次郎。

母　もしもーし、え、すごい賑やかだねそっち、なに、結構集まってるの？　え？　30人!?　すごいね、うちの組だけで30人？　ほとんどじゃない！　すごいね、だってもう、何年ぶり?　大学出てすぐぐらいのときに集まったっきりだから、、40年ぶりとかでしょう、、、ふふ、みんな元気なの？　みんな、、それなりな感じ？おじちゃんおばちゃんになった感じ？・・へぇえ。だから行かないってば私。いけないから・・・用事あるの今日は。そう。え!?　森君!?　森君来てるの!?かっこいい？　…だから、まだかっこいいのかって!?そうだよね〜かっこいいよね〜、え!?　結婚してないの!?　森君!?　森君結婚してないのか〜！　わ〜、私、結婚したかった〜森君と〜！　あはは！　森君と結婚すれば良かった〜！　あはは！　森君と結婚すればよかった〜！　あはは！　まってまって違う違う違う代わんないでいいって！

笑っていた母だが、笑顔は段々と険しくなり、憤慨し始める。

母　ダメダメ！　代わんないでって！　私だってわかってもらえないかもしれないでしょう・・・何年経《た》ったと思ってんのよ！

思わず電話を切る母。

母　何年経ったと思ってんのよ、、、

と母が見た方向から、「リバーサイドホテル」が聞こえてくる。それを聞いている母。
歌が終わり、かなこがベソかいて部屋から出てきて、母の前を通り過ぎていく。それを捕まえる母。

かなこ　（泣き叫ぶ）
母　どうしたの？
かなこ　お姉ちゃんがすごいカラオケ歌え歌えって…
母　うーん、なに、どうしたの
かなこ　私に、歌を歌えって
母　…それで泣いてるの？
かなこ　（頷く）だってすっごいしつこく言ってくるから

母　なに？　賑やかにしたかったみたいなことなの？
　お姉ちゃんが。
かなこ　知らないけど…
母　それであなた歌わなかったの？
かなこ　…歌わないよ
母　あそうか…そうだね、だってかなこはちゃんとバンド
　で真面目に歌ってるんだもんね、
かなこ　（頷く）
母　そうだよね、だからああいうところでポンポン
　歌うっていうのは違うもんね…
かなこ　違うっていうかさ…だって…（泣けてくる）
母　うんいいんだよ歌わなくて
かなこ　でもあんなに言われても
母　なに、なんだって言われたの
かなこ　「皆集まってるから一人一回ずつ絶対歌え」って
母　え、そんなんなってるの今…
かなこ　そうだよ…

母、かなこのポシェットからマイクを出す。

母　あんたでもマイク持ってるよ？　そんな言ってて
　も…
かなこ　なにこれ！　知らないよ！
母　だから歌えって言われたんじゃないの？
かなこ　違うよ！　誰かがいたずらしたんだよこんな
　の…！
母　そうかそうか、ごめんねそうか、
かなこ　ほんとにやだお姉ちゃんのああいうところ…
母　うーんでも頑張ってるんだよお姉ちゃんも
かなこ　分かるけどさ…家族が皆集まるっていうのは、
　私すごい大事なことだと思ってるよ、
母　そうだよね
かなこ　でもだってあんな、パパ歌ってる状態とかあん
　なの目の当たりにしたらさ…歌えないじゃない、どう
　やったって…
母　そうだね、雰囲気ひどかったね…
かなこ　（泣きながら）歌い手を…殺す…空気ができて
　る…
母　そこまでじゃないよ、そんなにじゃないよ…
かなこ　でもそうだ…あれは…

母　怖かったんだね…そうだね…
かなこ　（頷く）
泣いているかなこを見ていた母、手にしたマイクを見て、
母　よし、じゃ、ママがあれしてあげるから。ね、
かなこ　…
母　（マイクを取り）ママ一発やってあげるから
かなこ　なにを
母　（楽しそうに）これ、だってワイヤレスだよ。ここからでも聞こえるんだよあっちに…
母、マイクを手にふらふらと部屋へ向かう。
母　（マイクに向かって）えー、それでは、私が最近覚えたばかりの歌を、今日は皆様にお披露目《ひろめ》したいと思います、、ピーパットパラッパ、パッパッパラッパ
母が部屋のドアを開けると、

次郎　（父に）お前絶対呪ってやる！　お前絶対呪ってやる！
和夫　（同時に）お父さん！　今日は帰って！　お父さん！
丁度次郎と父が取っ組み合っていて、それを前田と和夫が押さえ込んでいるところ。
母　ピーパット…
母、ドアを閉め、かなこの元《もと》へ走って戻ってくる。
母　全然違ったわ…
かなこ　おかしいでしょ？　雰囲気
母　おかしいおかしい…
次郎の声　お前、絶対呪ってやるから。死ぬまでずーーーーっと！
母とかなこ、声のするほうを見てびっくりする。

和夫が父を抱え菊枝の部屋から出てくる。

和夫　次郎君！（父に）行きましょう、一緒に行きます

父　（去り際）俺は嬉しいよ!!

母　どうしたのよ？

父　…嬉しいんだよ!!

和夫　お父さん！

和夫と父、退場する。

母　…行ったほうがいいのかしら…

かなこ　…

母　あなたちょっと覗いてみてよ

かなこ　やだ…もう帰る。

母　ちょっと、これ（マイク）だけ返してきてくんない？

かなこ　やだよ…

かなこ、逃げ去る。

母、マイクを手に、恐る恐る部屋へ近づきドアを開けマイクをそーっと置こうとすると、太郎が出てくる。

太郎　？

母　（立ち上がり）え、どうした？

太郎　皆に聞いて

母　帰るの？

太郎、退場。

それを見送った母、入ってくる。

母　なに、喧嘩したの？

よしこ　…

次郎　…

母　したんだ…（前田に）したんだ。

前田　あ、、はい、、

母　怖かった？

前田　はい、や、大丈夫です

次郎　ちょっと駄目だ。外行くわぁ

次郎、出て行く。前田、ついてく。

母　…

よしこ　ねえ、離婚って考えたことあんの？

母　えぇ？　…（頷く）あるけど、駄目だよ、、

よしこ　…なんで

母　…何回か、そういう話になったことあるんだけど、やっぱり…（泣く）怖いから…

よしこ　（頷く）…怖いって…でもさ、怖いから離婚できないなんて、おかしくないかな…

母　（頷く）そうだね…まあでも…あなたたちがさ、それぞれが自立するまではさ、やっぱり、離婚てね、世間がさ、色々な、目があるじゃない？

よしこ　（頷いている）

母　それに結局ここがさ、私の家の土地でしょ？　そういうのもあって、パパやっぱ、離婚ってなったら一人でどうにかしなくちゃいけなくなるじゃない、それやっぱり分かってるから、すごくムキになるのね…

よしこ　え、なんかされたり？　したの？

母　…それは言いたくないよ…

沈黙。

よしこ　（頷く）でもさ、もう、ここ何年は、、手をあげたり、とかっていうふうにはしてこないんでしょ？

母　…そうなんだけど、腕力は衰えてるんだけど、、

よしこ　（頷く）

母　…変な…すごく変な…雰囲気にするから…

よしこ　…

母　なんていうか、なんか、あれは言葉ではむつかしいんだけど、、…なんか、雰囲気、なんか、圧迫感のすごい…なんていうんだろう、、だから、、（ためらいながら）あの、男の人の、あれ、あるじゃない？

母は手で少し、陰茎の形をジェスチャーする。

よしこ　あぁ、うん、、

母　分かるよね、うん、そう、それの、男の人のそれの、すごく大きいのが、、すごく、すごくギューってなってるのが、巨大なのが、剝いて迫ってくる、感じ…血だらけで…

よしこ　（慎重に頷いている）…

母　…やっぱりそれは怖いから、

沈黙。

よしこ　怖いね、それは怖いと思う私も…
母　…だから、そういうの被害がさ、被害っていうか、そういう目にね、もしかしたらあなたたちまで巻き込まれちゃうかもしれないじゃない、そういうことだけは、私は、防ぎたいの。だから私が我慢できるうちは、それで済むなら、、って、、うん、、
よしこ　（頷いてる）

母とよしこ、うつむいてすすり泣いている。
前田と次郎、入ってくる。

次郎　どうしたの？
母　（首を振り、よしこに）だから私は大丈夫だから。心配しないで大丈夫だから。
よしこ　（頷き）わかった…片づけよっか
母　いいよ、今日は私片づけるから、あなたたちもう寝なさいよ
次郎　や、いいよいいよ、
よしこ　やるよ
母　ううん、ホントに、今日ホント、嬉しかったから私、ほんとうに、ありがとう…

沈黙。

母　だから、ね、片づけだけ、させて？
よしこ　…（頷き）分かった、じゃ、（次郎に）行こう。それだけやってもらおう…

よしこと次郎、前田、出て行く。
母、一人で片づけている。
父が入ってくる。

父　おなんだ、皆、帰ったのか
母　…
父　なあ

母　なに
父　帰ったのか…
母　(父をじっと見ている)…
父　ん?
母　ねえ…
父　…
母　…別れない?
父　…
母　…ねえ、、別れない?

沈黙。

父　…そうするか、
母　…え?
父　そうするか、
母　、そうするの…
父　(低くうなり)…やっぱりな、あそこまであいつらに言われるとな、さすがにな、、
母　…
父　やっぱりお前にも、、お前も、苦しい、、だろうし(頷く)
母　…

沈黙。

母　…それで別れたら済むの?
父　…?
母　それで、別れて、別々になったら、今までのそういうのは全部なくなったことになるの?　皆が我慢してきたこととか、私がさんざんあなたにされたこととか、…や、全部なくなるっていうのことでは、ない…
父　うん、じゃなに?
母　や、うん…え…?　別れ、、たくは、、ない?　のか、、
父　だから…あなたは…別れたいの?
母　ん…(低くうなり)
父　良く言えるよね…それでどんだけの汚いものでも全部なかったことにできるって思ってるからね、、それで一人でスイスイスイ生きていけるって思えちゃう神経が本っ当にすごいと思うよ。その神経が本っつっ当にすごいと思う私は…

と、突如菊枝が起きあがり、木製の手をベッドに置き、歩き始める。

母　(叫ぶ)!!

それを見て母は愕然としているが、父はベッドに近づき、菊枝(木製の手のみ)に話しかけている様子。

父　(母に)どうした?

菊枝はゆっくりと部屋を横切って歩いていく。
その様子を見て、母は、菊枝が亡くなったことを悟る。
ゆっくりと去っていく菊枝を見送った母。
それを不思議そうに黙って見ている父。

母　…(菊枝を見ながら号泣し、父に)そんな簡単に私たちから逃げようとしても、絶対に無理だから。皆がようやく、ここにきてあなたに全うに対抗できるようになって……今までみたいにこっちが全部泣き寝入りしてるような状態はもう二度と来ないからね。あなた一人でどこに逃げても…こっちは七、八人いるからね、全員で多分私のこと助けてくれるからね!

父　…

母　(激怒)出てけ!

父　…

しばらくの沈黙ののち、父が少し立ち上がろうとする。

母　動くな! でも出てけ! そんで自分の部屋で一生じーーーっとずーっとしてろ!!

父　…

母　それでこれでもかこれでもかってくらい独りぼっちになって、もうだって仕事も終わったから取り巻きとかいなくなったでしょ? それがあなたの孤独の始まりだからね!? それのことなんだからね!? 「孤独」って。それで、(菊枝と父を交互に見ながら)そのまんまどんどんどんどん、何が何だかとか、自分が誰だかとかも分からなくなって、最後に、死ね! …それで…死ねーー!!

菊枝、そのころには退場している。

沈黙。

父　……お前、大丈夫か？

母　……

母、立ったまま泣いている。

沈黙。

喪服姿の太郎とよしこ、かなこが入ってくる。
かなこが母に喪服を渡す。
父が去っていく。

B3　母の目線による山田家　翌朝

菊枝の部屋。菊枝の顔に白い布がかけてある。
太郎、よしこ、かなこ、喪服。母は着替えながら。

母　大丈夫かなこれ、入るかな私これ

沈黙。

よしこ　パパは？
母　あっち、教会に行った頃に着くって
よしこ　（頷いてる）

かなこ　寿命なんでしょ？
母　そうそう
よしこ　92歳だもん、すごいよね
かなこ　あぁ
母　そうだね
かなこ　（菊枝に）頑張ったね

沈黙。

太郎　何を今さら話しかけてんだよ気持ち悪い
よしこ　…

沈黙。

太郎　…ドタドタ入ってきて歌歌ってどんちゃんして
母　やめようよ…
よしこ　…じゃあどうすれば良かった？

沈黙。

よしこ　ここじゃなくてどっか別のとこ？　そしたら誰かおばあちゃん見てなくちゃいけないから誰かここに残らないと駄目じゃない

太郎　どこにでも預ければいいだろ

よしこ　…だからそうしたら全員集まれないでしょ？

太郎　「全員」？　…「全員」って…？

よしこ　…なに？

太郎　じゃあ集まってたのか。お前から見てあん時、おばあちゃんも集まってたのか。お前から見ておばあちゃんはお前の歌を聴いて楽しんでたのか

よしこ　分かんないよそれは。でもだったら誰が楽しんでたの？　あの集まりを結局誰が楽しんでやってたのよ。

太郎　やお前だろ？

よしこ　はあ？　私が楽しんでたと思う？

太郎　は？　楽しくないならなんで集めるんだよ

よしこ　あんなタイミングで集まって最初っから楽しめるわけないでしょ

太郎　じゃあなんで

よしこ　いつか楽しく集まれるために、あの時にとりあえず一度集まったんでしょ？　私が楽しんでたように見える？　ねえ見えた？

太郎　…

よしこ　だったらあなたには、人が楽しんでるかどうかなんて絶対分からない！　ぜっっったいに分からない。だからおばあちゃんが楽しんでたかどうかだって絶対に分からない

太郎　だから楽しませるならその人（菊枝）を楽しませるようなことをしろよ！　お前達が！　俺たちが！　俺たちのこんなもうどうしようもないものの立て直しのためにその人（菊枝）を使うなって言ってんだよ！

よしこ　使ってるってなに!?　使ってるってどういうこと!?

太郎　使ってるんだよ！　お前がその老人を使ってるから使ってるって言ってるんだよ！

よしこ　なんで老人なんて言うの！　お兄ちゃんいっつもそうだ！　自分が傷ついたからってそうやって自分のおばあちゃんまで老人なんて呼んで、余計な人まで傷つけて、それを全部私たちのせいにして！　自分が愛してるならそれでいいでしょ？　自分で一人で

ちゃんとおばあちゃん愛してれば良かったでしょ!?
大人しく!
太郎　大人しく愛してただろ!　それをわざわざゴチャゴチャゴチャゴチャさせて色んな愛し方してる連中をわざわざこんな狭いところに集めてまとめようとなんかするからメッチャクチャになるんだよ。そんなこと分かれよいい加減!
よしこ　もーいーよもーいーや、もーーーいーーーー、

沈黙。

よしこ　…分かった…ほんとパパだわ…おにいちゃんパパだわ…
太郎　皆思ってるよ。お前のほうが全然受け継いでるよ、あのあれを
よしこ　(首を横に振り)そんなこと絶対ない。だとしたらこんなに人集まってくれない
太郎　自分で言ってるよ
よしこ　自分で言うよ私は。他の人傷つけてみたいなことしなくちゃ自分の綺麗なところを見つけられないよりは自分でこうやって自分で評価できるほうが良いって思うけどね

喪服の次郎が入ってくる。続いて葬儀屋二人も。

次郎　来たよ。
太郎　(よしこに)お前、帰ってくんな。静岡にいろ。静岡で自分を評価してろ
よしこ　…そんなの私の勝手でしょ
次郎　(母に)どうしたの?
母　…

沈黙。
葬儀屋②、葬儀屋①に目配せをする。

葬儀屋①　このたびは、ご愁傷様でした

皆、お辞儀する。

葬儀屋②　よし、じゃ、行こう

葬儀屋①　はい、

葬儀屋①②、退場する。

母　（皆に）これから、皆でおばあちゃん教会まで運ぶから

皆、頷く。

葬儀屋二人が棺を持って入ってくる。

棺をベッドの脇に並べて置く。

葬儀屋②　それでは、これから、そちらの教会まで、菊枝さんを運びます。棺に入れるのは、私たちのほうでやらせていただきます

葬儀屋二人で、菊枝の体を棺に入れる。

菊枝の体は左腕の脇がちょっと開いた状態で固まっていて、そのせいで棺に入らない。

葬儀屋二人は神妙な顔をしながらコソコソと何かを言い合っている。心配そうに見ている面々の前で、

葬儀屋①　…すみません

葬儀屋①はそう言って、菊枝の腕を棺に押し込む。

「ギー」

と音がして、菊枝の体が棺の中にゴトリと落ちる。

沈黙。

葬儀屋二人は固まっている。

葬儀屋②はぎこちなく、蓋をしようとする。

葬儀屋①は大きく息を吸い、立ち上がる。

葬儀屋①　…すみません

母　…大丈夫です、続けてください、

葬儀屋②　（蓋をして）それでは、皆様で、運びましょう。

両脇に二人ずつ、ついてください。

かなこ、イスをベッドの横に戻す。母、太郎、よしこ、次郎、かなこ、棺に近づき、屈む。

よしこ いいよ私やるよ

母 平気？

よしこ うん…

葬儀屋② 棺を傾けますと持ちやすいです。

皆で棺を持ち上げる。
母は四人の兄弟が棺を持った姿を眺めている。

太郎 （泣いている）お前ちゃんと持てよ！

かなこ 持ってるよ

太郎 ふざけんな、なんかおかしいだろバランス、お前んとこと俺んとこの

よしこ やめなよ

棺、移動開始。

次郎 お兄ちゃん、いきなり激怒してたね。

母 ええ 怒ってたっけ？

次郎 うん

母 怒ってた？ そうだっけ

次郎 や、すんごい怒ってたじゃん

母 …

よしこ でも教会着いてから、お兄ちゃんあんなに泣くとは思わなかったけどね

次郎 ねー

母 え、教会行く前からずっと泣いてたよ太郎

かなこ や、教会着いてからだよ。

母 ええ？

次郎 教会からだったよねえ

よしこ うん、そうだと思うけど

母 そうだっけえ？ そうだっけ？

一行（和夫、父も加わり）は火葬場に着く。

エピローグ　火葬場

火葬場。壁に、棺と同じサイズの穴が空いている。
牧師が出てくる。

牧師　皆様、いよいよ私たちはこの火葬場にやって参りまして、いよいよ、菊枝さんとの最後のお別れと、なります。菊枝さんは、生前、私どもの教会の付属幼稚園の前を通りかかり、よく、幼稚園の子供達と、お話をされていたそうです。そして、時折私どもの教会から聞こえる子供達の歌を聞き、かざられているお花を見て、どうか、、菊枝さん本人は神道でいらっしゃったようですが、、どうか、お花と、歌のある、この教会で、お葬式をしてもらえないかと、私にも言ってきましたし、娘さまにも、そう仰《おっしゃ》っていたそうです。そして、どうか、私が死んだ時には、どうか、皆で歌を歌いながら、見送って欲しい、と、私に仰っていました。

牧師が歌詞の書いてある小さな紙を配る。

牧師　これを回して下さい、歌詞になります
次郎　火葬場で歌歌うってありえるの?
よしこ　でももう歌っちゃったからね
次郎　だって他の人たちもなに、遺体焼いたりしてるんだよ?
牧師　そして歌いながら、こちらの（穴を指し）火葬炉に、菊枝さんを、我々の手で、送って、さしあげましょう。
山田家　（火葬炉を見て、お互いを見る）…
牧師　それでは、（棺を指し）お持ちください。

山田家は、棺を持ち上げる。

牧師　それでは皆様で歌いましょう讃美歌405番「神ともにいまして」。

牧師が歌い始める。

「神ともにいまして」の歌詞

神ともにいまして　ゆく道をまもり
あめの御糧《みかて》もて
ちからをあたえませ
また会う日まで　また会う日まで
神のまもり　汝が身を離れざれ

山田家もそれぞれ歌い始めるがなにせ歌詞が分からないからボソボソと、自信なさげに、牧師に遅れること二秒くらいで、音程も定まらないまま、歌うともなく歌っている。

牧師　（穴を指し示し）どうぞ。

山田家は棺を穴のほうへ運びながら、相変わらずボソボソと歌っている。棺を穴に入れようとするが、その穴は明らかに棺より小さいので、棺は穴の付近にゴツンと当たる。

山田家　（落胆）あぁ…

牧師　もっとちゃんと狙ってください

山田家は口々にもめ始める。以下のようなことを言い合っているが、それぞれが相手の言い分を聞かずに、しかも同時に言い合うので、正確にはなんと言っているか分からない。

次郎　もっと狙っていかないと入らないでしょ
よしこ　一回下がってやりなおしてよ
母　下がってよだから
太郎　だめじゃんタイミングまだだったじゃん
かなこ　重いよ重い
父　誰だ今押したのは

山田家は棺を抱えたまま一度穴から遠ざかり、再び棺を穴に入れようとするが、やはり棺は穴の縁にあたり、ゴッン！　と音がする。

山田家　あぁぁ！

再び言い合いを始める山田家。やはり明瞭には聞こえない。

父　だから言ってるだろう、まだ押すなって
母　ちゃんと前の人が見ててくれないと
次郎　一回下がれって
かなこ　腕が痛い重い
よしこ　タイミング合わせないからすぐ駄目になるんだよ
和夫　押さないで、まだ押さないで
父　下がれ下がれ一回
太郎　強引に下がるなって

等々、口々に、棺を抱えたまま後退する。

太郎　死ねお前は死ね
よしこ　どこ見てんだよあんたはホントに
父　なんでこんなことになってんだよハカ
母　あんたがちゃんとモノ見て動かないからだろう
かなこ　重いんだよ痛いんだよ重いんだよこれ
次郎　ちゃんと見ろよ死ね、バカ死ね、
和夫　なにしてんだ、やめろお前、おい押すな

等々、抱えた棺を互いの体に押しつけ合ったりしつつ、棺を穴のほうへ突進させる。が、またもや棺は穴の縁にぶつかる。
山田家のもめる声がいつの間にか、歌に変わっている。

〽また会う日まで
また会う日まで
神のまもり
汝が身を離れざれ

幕

おわり

夫婦

登場人物

岩井
小岩井（過去の岩井）
母
父
姉
兄
女医
手術の担当医師　加藤
術後の治療担当医　森本
葬儀屋
俳優のマネージャー
俳優
秘書①
秘書②
おじさん
牧師
院長
医師
女
医局員
赤十字病院の医師

○場

岩井役の俳優が出てきた。

岩井　こんにちは、岩井です。本日はご来場ありがとうございます。これからん〜やりますが、その前に、色々とお願いがあります。携帯電話なんかは、音が出ないモードにしておいていただければと思います。バイブモードもね、悪くはないんですけど、たまにあの、ブーブー鳴ってるのに、自分のじゃないフリをする人がいるので、信じられないけど本当にいるので、本当に大人げないので、やめてください。これ、毎回言ってるんですけど、こないだの公演でやっぱりがっつり着信音を鳴らしちゃったお客さんがいて、それはもう、本番中は我々は我慢してエンゲキ続けるしかないんですけど、本当にズーーーと鳴り止まなくて。そのお客さん、どうするんだろうって思ってたら、リュックだかカバンだかに鳴りっぱなしの携帯を押し込んだんですよ。音、全然鳴ってるんですよ？　凄くないですか？　で、それでも携帯鳴り止まなくて、それでも僕たちは舞台上でエンゲキ続けるしかなくて、もう30秒以上鳴り続けてて。で、カバンに押し込んだけど鳴り止まなくて、結局そのお客さんは携帯をカバンから取り出して、必死に音を消そうとするんだけどダメみたいで、それでも色々いじり続けて、Ｓｉｒｉっていうんですか？　携帯のＡＩみたいなのが喋り始めちゃって。「ピ。もっと大きな声で話してください」とか喋ってるんですよ。それも二〜三回、「もっと大きな声で話してください」とか言われちゃってて。流石《さすが》にその時は本番が止まりました。止めました。いったん止めて、「携帯を切ってください」って言って。本当にきついです。だから、今一度、携帯、確認してくださいね。あと、袋に入ったおやつとかは、一気に開けてもらえればと思います。細々《こまごま》とうるさいとは思うんですけど、それでも色々起きちゃうんですよ。ご協力お願いしますとしか言えないんで、ご協力お願いします。上演時間は〜〜、休憩はございません。それでは始めます。

一場

岩井、電話を受ける。

岩井　もしもし？

岩井の母、出てくる。

母　もしもし？　秀人？
岩井　はいはい、
母　いま平気？
岩井　うん大丈夫よどうしたの？
母　あんた今来られる？
岩井　え？　なにどこに？
母　関東医大。西新宿の。
岩井　え？　ああ、うん、いけるけど、、え、なんでどうして？
母　パパが、、、そろそろ、、
岩井　え？　え？
母　ちょっと、今から来られる？
岩井　いけるいける、、、でも、え、、そんなことんなってんの今？
母　いいから、来て、、(切る)
岩井　、、、

二場

岩井　まーもー、これはびっくりしました。だって、そもそもうちの父が肺がんになって、病院に行って診察してもらって、「手術も含めて十日くらいで退院」って聞いてたんだけどそれから四か月くらい経ってて、その間、どうもあまり治療が上手くいってないとは聞いてましたけど、まさかそこまでのことになってるとは思ってなかったから、「えー」と思いまして。ただ、シンプルに「父が死ぬ」ってことに関しては、「とうとうあいつがいなくなる！（ガッツポーズ）よし！」くらいにしか思ってませんで。…大っ嫌いだったんで父のことが。過去に何回、「死んでしまえ！」と思ったか分からないくらいなので。まあなので、まずはそんな父のことをちょっと説明します。

　父、登場。

岩井　僕が物心ついた頃にはもう、父は、えーなんというか、ぶん殴り系の男でした。酔っぱらって帰って来ては、

父　よーし…（二階の息子たちを呼ぶ）全員降りてこーい!!

　兄、姉、小岩井、現れる。

岩井　（それぞれ）兄、姉と、（小岩井を）僕、です。

　萎縮《いしゅく》する息子たちを眺めた、父。

父　…お前達、満喫《まんきつ》してんのか…？

一同　…

父　満喫だよ。自由を満喫してるのかって聞いてんだよ。

一同　…

父　いいか、俺たちが…俺たちがお前達が自由に生きられる時代を作ったんだぞ。な。だからお前達は死ぬ気で自由を満喫しろよ！

一同　（頷《うなず》いたり）

父　性根《しょうね》入れて生きろよ！　宇宙だって行ける時代なんだぞ！　チャレンジャー（スペースシャトルの名前）だぞ！　勉強なんかしなくていいんだからな！　勉強なんてくそつくらえだからな！　分かったか⁉

一同　（「はい」とか頷いたり）

父　（一変）…俺がガキの頃はな、、勉強したくてもできなかったんだよ…それでもな、ロウソクの明かりでな、一生懸命勉強してたんだよ、、そうするとな、、隣の部屋から聞こえてくるんだよ。姉ちゃんだよ。姉ちゃんが血ぃ吐いて咳《せき》してる音だよ。結核だよ。結核で血ぃ吐きながら泣いてんだよ。。。それを聞きながら必死に勉強してたんだよ俺は、、、

一同　（怯《おび》えている）

父　勉強しろよ！　死ぬ気で‼

一同　…‼

父　聞いてんのかお前らは！　おい！

父、兄の頭をはたく。

父　おい、聞いてんのか、おい、

兄　え、、どっち、、？

父　…なんだ、なにがだ、

兄　や、勉強、

父　だからなにがだよお前はまだるっこしいな、、性根入れて喋れよ！　なんだよ何を言ってるんだよお前は？

兄　や、勉強、したほうがいいの…？

父　しろよ！　しろって言ってんだろう？

兄　あでも、その前に、勉強すんなって、、

父　…お～そうか。お～大《たい》したもんだ。（他の面々に）な、長男ともなれば大したもんだよ。俺は嬉しいよ。ここまで父親に歯向かって、食らいついて食いしばっていくっていうね、、こういう戦いに食らいついていくっていう人間に育ったってことはね、凄《すご》いぞこれは。おうおう、それで、おう、なんだっつってんだお前は？

兄　や、だから…

父　おうおう、

兄　…勉強、を、

父　おーおーおーおー、で？　誰に養ってもらってると思ってんだ。

兄　…

父　誰に養ってもらってんだよ。言ってみろ。

兄　…

父　教えてやるよ。

父、木刀を取り出し、兄を連れ去る。

姉・小岩井　やめてやめて…

父、姉と小岩井を蹴散らし、いなくなる。
すぐに父の咆哮と兄の叫び声が聞こえてくる。
怯えてそれを聞いている姉と小岩井。
しばらくして、沈黙。
兄の返り血を浴びた父が戻って来る。

姉　なにしたの…

父　性根入れてやったんだよ。

姉　おかしいじゃん、

小岩井　おかしいよ！

父　何が！　何がおかしいんだよ？

姉　パパ、勉強するなとか勉強しろとか言って、良くわかんないからお兄ちゃん聞いただけじゃん、

父　おおそうかそうか、おーお前も偉くなったなあ、大したもんだな。俺は嬉しいよ。

姉　偉くなったとかじゃなくて！　おかしいじゃん！

小岩井　お兄ちゃんに謝ってよ！　おかしいもん！

姉　おかしいだろう！

小岩井　あやまれよ！

父　おーそうか、大したもんだ。すごいエネルギーだな！　俺は嬉しいよ！　食らいついていけよ！

姉　パパやってることメチャクチャだからね!?　メチャクチャだよ！

父　（止まる）

姉　そうやっていつもみんなにひどいことして、明日になったらそれ全部忘れてるんだから！

父、すこしかがんで取り出したゴルフクラブを振るう。
姉の頭のてっぺんに直撃し、流血。

姉　ぎゃー！

小岩井　お姉ちゃん！　お姉ちゃん！　平気⁉

父　性根入れて生きろよ！

姉　あああ！

小岩井　お姉ちゃん！　お姉ちゃん平気⁉

姉　平気平気…

小岩井　（とにかく父に叫ぶ）おあー！　なあー！

父、隣の部屋へ行き、クラシックコンサートの番組を大音量で見始める。お箸で指揮をしながら興奮している。「やっつ！　いぇっつ！」かけ声入りで。
血だらけの兄が這《は》って戻って来る。
姉、小岩井、「お兄ちゃん…」と兄に駆け寄る。
電話が鳴る。小岩井が出る。

小岩井　もしもし、、はい、少々お待ちください。（父に）ねえ、、ねえ、、電話、

父　（出る）もしもし？　はいはい、、いき？　あーはいはい、大丈夫、行けますよ、行きます。

父、着替え始める。
母が入ってきて、兄妹に気づく。

母　どうしたの⁉　（父に）ちょっとなにしたの⁉

父　行ってくるわ。

母　（兄妹達に）大丈夫…？　なにされたの？

兄妹　…

母　（父に）ねえ…なにしたの…

父　…行ってくるから。靴下どこだ？

母　どこに行くの？

父　今電話来て急患だっていうから。腹膜炎《ふくまくえん》なりかけてるって、

母　だって、お酒飲んでるでしょ？

父　…たいしたことたねえよ。

父、兄妹を見回し、小岩井を捕まえ、

父　男の現場、見せてやる。
母　ちょっと！

父、小岩井を捕まえて出て行く。
父が小岩井を引きずって歩く。もがく小岩井。

父　行くんだっつーの、
小岩井　（もがく）うー！

手術室となり、手術衣の人々が出てくる。裸の患者が寝転がっている。

患者　う〜〜！
院長　やー岩井先生、ごめんねこんな時間に。
父　いえいえ、ちょうど暇してましたから。
院長　（小岩井を見て）あ、息子さん？
小岩井　あ、ふふ！
父　男の現場見せてやるんですよ。
院長　いいねえ、（小岩井に）よかったねえ！
小岩井　ふ、ふふ!!

父　じゃあ始めます。

手術開始。
ズバズバ血が出る。
手術中、常に「くぉ〜〜」「ふぐぅ〜〜」と、うなり声を上げている患者。
ちょっと離れたところからそれを見る、小岩井。

院長　（小岩井に）もっと近くおいでよ、せっかくなんだから。
小岩井　…
院長　珍しいんだよ。意識あるんだから。局部麻酔《きょくぶますい》だよ。
小岩井　…
院長　岩井先生、
父　はいはい、
院長　こないだの5番アイアン、すごかったねえ、飛んだねえー！
父　ええ？　ああ、いやいや、大したことないですよ、
院長　あの後もみんなで話してたんだから、
父　いやいや、

院長　アイアンであんなに飛んじゃったら、みんな岩井先生の前でドライバー打つの恥ずかしくなっちゃうって、

父　でも僕のは飛ぶだけだから。うしやん（院長のあだ名）のだって飛ぶし、きれいなラインが出るでしょう、シュルル〜っつって。僕のはあっちこっちとっ散らかっちゃうんだから、、

院長　まあでもあんたに距離で勝とうとしちゃだめだね、あの後もみんなで話してたんだから、

父　いやいや、距離以外はめちゃくちゃだからハハハ…

一同　ハハハ！

　　小岩井、へたりこむ。

小岩井　あれ、、ごめんなさいすみません、、あれ、、

院長　お、貧血かな？

父　ははだらしねえな。

　　医師の一人が、小岩井に、

医師　じゃあ奥で休んでようか。

小岩井　すみません、、、

　　小岩井、離れた場所へ行き、一人で休んでいる。手術室の音だけ聞こえる。楽しい会話と、器具の当たる音。

小岩井　…

　　ちょっとして、父が入ってきて（手に盲腸《もうちょう》の載った皿）、小岩井を引きずって連れ戻す。

小岩井　無理だよ…

父　もう終わったんだよ、

　　手術の面々はいなくなっていて、女の人が立っている。

女　本当にありがとうございました。

父　いえいえ、盲腸だからね、簡単だから、

女　本当になんてお礼を言っていいか分かりませんありがとうございました…

父　まあでも間に合ってよかった、腹膜炎になりかけてたから。中で破裂しちゃうと大変だから、これほら。

父、お皿に載った、切り取った盲腸を、

女　え、これが、、、

父　そうそう、膿《うみ》がたまってソーセージみたいになってるでしょ？

女　はい、、（気持ち悪そう）

父　これもう、破裂寸前でパンパンピチピチになってて、

父、盲腸を押すと、膿が飛び出て、女にかかる。

女　キャー

父　あははは、（小岩井に）お前もやってみるか？

小岩井　…

小岩井、逃げていく。

女、父、退場。

小岩井、家に着く。倒れ込み、うずくまって震える。

相変わらず血だらけの兄が這って入ってくる。

姉も入ってくる。

兄　ううう…！

小岩井　お兄ちゃん！

兄　ううう…

小岩井　いつかあいつを、、殺そう…

兄　…（頷き）どうやって殺す…？

小岩井　寝てる間に顔にしっかり飛び乗れば、、、

兄　いいね…寝てる間にやればなんとかなるかも…

岩井　兄妹はみんなこっぴどく殴られて育ち、みんなで必死に父の木刀を隠したのも、いい思い出です。全然いい思い出じゃないです。みなさんのうちの父親ってどんなもんなんでしょうか。みなさんも、育っていくなかで、父親に犯される夢を見てうなされて飛び起きたりした経験はあるのでしょうか。悪夢のなかに出てくる父親のチンチンは、なぜ、あんなに巨大なのだろうか。そういったことを思い出しながら、病院に着いたわけです。父が入っているはずの集中治療室でした。

三場　関東医大

岩井、病室に入る。
病室には、紫色のおばあちゃんのような生き物が仰向けに転がっているのみ。
岩井、紫色のおばあちゃんをよそに、父の姿を探す。
母が入ってくる。

岩井　おお、
母　ああ、ごめんね、忙しくなかった？
岩井　いやいや、だいじょうぶ。そっちは？　大丈夫？
母　…まあなんとか、、
岩井　、、どこ？
母　…パパ、秀人来てくれたよ。

母が紫色のおばあちゃんの傍《かたわ》らに腰掛け、話しかけるのを見て、あぜんとする岩井。

岩井　…

紫色のおばあちゃんが父だということに気づき愕然《がくぜん》とする岩井。

岩井　…嘘でしょ…
母　さっき手さすってたら、少し意識取り戻したんだよね、、

母、父の手を布団から出し、さする。父の腕は太ももくらいの太さになっていて、黄色とか緑とか青とか、もんのすごいカラフルなまだらになっている。
さらに愕然とする岩井。

岩井　…

そこに姉が入ってくる。

姉　ああ着いた？　よかった。
岩井　ああうん、ちょっと、、

岩井、姉を連れて部屋を出る。

姉　なに？
岩井　ちょっとちょっと…
姉　なになに？
岩井　なにあれ…
姉　なにが？
岩井　「なにが？」じゃないでしょ？　え？　あれ、父ちゃんなの？
姉　…ああ、うん、、そっか、、ずいぶん様子変わっちゃってるから分かんなかった？
岩井　ずいぶんっていうか、や、全然。…最初どこのおばあちゃんかと思ったよ…
姉　うちらはずっと見てきたから、段々ああなってったから、あんまり分かんないのかもね。
岩井　…腕はなに、腕はどうしてあんなおっきいの？　どうしてあんな色になってんの？
姉　ああ、、透析《とうせき》、急いでやってるんだけど、もうそんなんじゃ全然間に合わないから、黄疸《おうだん》とか出てきちゃってて、、
岩井　透析…え、ごめん、生きてるの？　復活するの？　あそこから復活するとは思えないんだけど、
姉　どうだろうね、、ちょっと難しいとは思うけど、、
岩井　さっき母ちゃん「意識戻った」とか言ってたけど、無理でしょ。あれで意識戻ったらそれはそれでめちゃ怖いんだけど。
姉　まあほら、落ち着いてとりあえず、
岩井　「落ち着いて」って…だって「手術して入院して十日間で退院」って言ってたのが、どうしてこうなるのよ？　四か月でおばあちゃんになって死ぬっていうことにどうやったらなるの？
姉　死ぬとかママの前で言わないで絶対に。だからそれも今から説明するから。いい？　あんた今はとにかく落ち着いて。思ったこと全部ベラベラ喋《しゃべ》るのやめて。

岩井　…はい、、（頷く）

姉、岩井を連れて病室に戻る。

母　…

岩井　…

姉　…とりあえず…秀人来たから説明しようか…

母　（力なく頷く）

姉　まず、そもそも肺がんの手術自体は、上手《うま》くいったの。

岩井　うん、

姉　それで上手くいったんだけど、その肺の切った部分が、切った断面が、ほんとは自然に断面がふさがるはずだったんだけど、それがなかなかふさがらなかったのね、

岩井　うんうん

姉　でもまあ、パパももう年齢のこともあるし、タバコ吸ってたっていうのもあって結構、肺自体もかなり固まっちゃってて、白然治癒力がなくなってたっていうのもあって、、

母　（たまりかねて）でもそれでもおかしいよ、、

岩井　？

姉　まあでも待って、とりあえずの流れを今、

母　、、、

姉　それでね、そうやって肺が、肺だけに限らないんだけど、内臓が、切った後にふさがりにくかったりくっつきにくかったりした時に、薬をそこに流し込んで、わざと炎症を起こしてくっつけちゃうっていうやり方があって、それをやったのね、

岩井　わざと炎症を起こす？

姉　うん、そう、炎症。焼きつけるみたいな、

岩井　内臓に？　内臓を？

姉　そうそう、

岩井　…

姉　まあその方法は結構やることみたいなんだけど、

母　でもそれだって回数がおかしいじゃない…一回やるだけだってすごく痛がって苦しんでたんだよ…？

姉　まあでも待って、それでまあ、脇腹《わきばら》のところにこんな穴を開けて、そこから薬を流し込んで、肺の切断面に炎症を起こさせてっていうのをまあ、、何回かやったんだけど、、上手くいかなくて、、

岩井　くっつかなかったの？
姉　うん、、
母　苦いってさ、
岩井　…なにが？
母　薬が苦いってさ、
岩井　誰が？
母　パパが。
岩井　なに「苦い」って…
母　その薬が口まで流れて来たって、
岩井　…
母　「だから反対の肺にも入ったんじゃないか」って、
岩井　なにそれ、、
母　炎症を起こす薬が、健康なほうの肺にも流れていったってことでしょ…？
姉　まあ、うん、、
母　それで肺炎になったんだよ？
岩井　…そうなの…？

兄が入ってくる。

母　（兄に）ありがとね、仕事平気？
兄　や、平気平気。
母　パパ、たけみも来てくれたよ、、（父の腕を撫《な》でる）
兄　…
岩井　（姉に）それで？
姉　うんそれで、、結局肺の切ったところがくっつかなかったから、こう、今度は喉《のど》から管を通して直接酸素を送り込むっていうやり方にしたんだけどね、
母　でもさ、その直前にも他の病院に移させてくれって言ってたのにさ、、
岩井　…誰が？
母　パパが。
岩井　…行けなかったの？　他の病院には？
母　だから、、その転院のことも含めてセカンドオピニオンを頼もうって思って、別の病院紹介してもらって行ってみたけど、行った先の病院にも、この病院から先に電話までされちゃってて、、「転院できない」って言われて…そんなのおかしいじゃない、、
岩井　…
兄　…肺くっつける薬の話は聞いた？

岩井　…うん、、
兄　くっつけるっていうか、炎症起こして焼けただれさせて、穴をふさぐ、みたいなことなんだけど、
岩井　…うん、、
兄　それ、七回もやられたんだってよ…
岩井　（口を開ける）…
母　一回だけだって本当に苦しくて痛がってたんだよ、、それなのに、いくら聞いても「上手くいってます、上手くいってます」しか言ってくれなくて…
岩井　…誰が？　…担当の人が？
母　うん、担当の人が。でもパパも私もおかしいんじゃないかなってずっと思って、そうやって聞いても、、「上手くいってます」とか「これしか方法はないです」っていうことしか言ってくれないから、、それで…二週間くらいしたらいなくなっちゃって、、
岩井　…誰が？
母　手術を担当した先生が。
岩井　ああ、、え、なにそれ、、来なくなったの？
母　そうだよ、、それで、いなくなった後も「上手くいってますこれしか方法はないです」って言って、、
岩井　…誰が？
母　治療の担当の人が。
岩井　え？　…あ、手術自体をやった人と、その後の治療をした人がいるっていうことね？　手術と治療は別の人がやったのね？
母　（頷く）

沈黙。

岩井　…（慎重に）ごめん、主語を言ってもらえるかな、「誰が、どうした」の「誰」の部分が結構抜けるから、、
母　うん、、
岩井　うん、こんな時にあれなんだけど、、
母　ごめんなさい、、
岩井　いえいえ、こちらこそ、ごめん、こんな時に、、
母　自分もやったことあるから、こんなに苦しいんだって初めて分かった、、
岩井　…それは、誰だ、、父か、、父が言ったんだね？
母　きっと、
母　（頷く）…

姉　そうパパ。そのくっつける治療をね、炎症起こすやり方を、パパも患者さんにやってきたから、

岩井　(頷く)

岩井、携帯電話を取り出す。

岩井　ごめん、これ、ちょっとさっきからしつこいから出るね、

岩井、部屋を出て電話を受ける。

岩井　もしもし?

ある事務所のマネージャーから。マネージャー、登場。

マネージャー　もしもし?　今いいですか?

岩井　まあ、はい、

マネージャー　どうなんですかね、お話しさせていただいた件、

岩井　ああ、はい、、、でもちょっと、本番の前日のところもあるんで、やっぱり難しいですね。

マネージャー　ええ?　でも東京の公演が終わってからもそんなに稽古するんですか?

岩井　や、まあ、場所によって劇場の形は違うんで、それに合わせるための稽古は必要なんですよ。

マネージャー　え〜、相談もさせてもらえないんですか?

岩井　え、相談ってどういうことですか?

マネージャー　や、だから、こっちで仕事が入ったらその日は仕事のほうに行かせたいんですよ。

岩井　や、ですから、劇場に合わせるための場当たりとか稽古をするので、他の仕事は入れないで欲しいんですよ。

マネージャー　ええ?　相談もできないんですか?

岩井　や、その相談って言葉が良くわかんないんですけど、え?　もう別の仕事が入ってるんですか?

マネージャー　や入ってないですよ。

岩井　ああそうなんですね、でしたら、入れないで欲しいです。

マネージャー　え〜でももし仕事が入ったら、相談はさせてくれませんか?

岩井　…ちょっと良くわかんないんですけど、さっきから仕事仕事って言ってますけど、こっちのも仕事ですよね？
マネージャー　…
岩井　え？　仕事じゃないんですか？
マネージャー　や、仕事ですよ。
岩井　ですよね？
マネージャー　仕事じゃないなんて言ってないじゃないですか、
岩井　ですよね？　で、こっちのも仕事だとは思うんですけど、そこにさっきから「仕事が入ったらこっち休ませてくれ」って言われてると、どういうつもりなのかなって思うんですけど。
マネージャー　だから、「もし」って言ってるじゃないですか、
岩井　だから「もし」って言ってるからどうこうじゃなくて、結局よそに仕事が入ったらそっちを優先したいって言い切ってるでしょ？
マネージャー　言い切ってないですよね？　相談させてくれってお願いしてるんじゃないですか！
岩井　だからお願いなんだったら、お願いらしく言ってくださいよせめて。どっちにしても「他の仕事入れないでください」ってこっちもお願いするしかないですけどね。仕事入ってるところに別の仕事を入れないでくださいってお願いすること自体、かなり訳わかんないですけどね！　でもお願いしますよ！
マネージャー　（キレる）だからあんたとは仕事したくないんですよ！
岩井　…はあ!?　…俺だって別にあんたとは仕事したくないですよ。おたくの俳優と仕事したいっていう話ですよ！
マネージャー　あーじゃあいいじゃないですか、それで。
岩井　は？　なにがいいんですか!?
マネージャー　やらなきゃいいじゃないですか、
岩井　なんでそうなるんだよおたくの俳優とは仕事をしたいって言ってんだからさっきからこっちは。あ・ん・たとは仕事したくないって言ってんだよ、こっちは！
マネージャー　…

沈黙。

岩井　…まあとりあえず、いったん落ち着きません？
マネージャー　いいですよ別に。こっちは落ち着いてますけど。
岩井　…まあちょっと熱くなり過ぎました。失礼なこと言いました。
マネージャー　…ほんと失礼ですよね。
岩井　…とにかく、他の仕事は、入れないでください。
マネージャー　…ええ？　本気で言ってるんですか？
岩井　…ええ、
マネージャー　じゃあ無理ですね。
岩井　え？　なにがですか？
マネージャー　や、無理ですよね、もう。
岩井　出ないってこと？　出さないってことですか？
マネージャー　ええ、
岩井　地方公演の本番の前日に他の仕事を入れられないなら、うちの俳優は出せません、っていうことですか？
マネージャー　そういうことになりますね。
岩井　本気で言ってるんですか？
マネージャー　はい。
岩井　じゃあ無理ですね。
マネージャー　そうですね。
岩井　はい、じゃあそういうことで、
マネージャー　失礼します。
岩井　（電話切る）なんだこいつマジで狂ってるわ…

すぐに電話が鳴る。

岩井　はい、

そのマネージャーの抱える俳優、登場。

俳優　もしもし？　どうでしたか？
岩井　や、どうもこうもないよ、ダメだわ、
俳優　え？　ダメってどういうことですか？
岩井　や、地方の小屋入りに他の仕事入れられないんだったら無理だってよ。
俳優　ええ!?
岩井　なに？　お前もそうなの？　本番の前日は他の仕事入ったらそっち優先とか言ってんの？

俳優　そんな訳ないじゃないですか、
岩井　そうでしょ⁉　なんなのじゃああいつは！
俳優　ちょっと待っててください電話してみます。
岩井　聞いたことないわ！　俳優がやりたいことを邪魔するマネージャー！
俳優　待ってください！　電話してみます！
岩井　絶対どっかに書いてやるからな！
俳優　やめてください！　とりあえずいったん切ります！

俳優、退場。
岩井、電話を切り、戻ろうとすると、また電話が鳴る。
出る。

岩井　もしもし、

俳優、再び登場。

俳優　もしもし！
岩井　なに！
俳優　謝りたいって！
岩井　はあ⁉
俳優　謝らせてくれって！　マネージャー！
岩井　もう⁉　早くない⁉
俳優　だから電話出てもらっていいですか？
岩井　絶対嫌だ！　絶対謝らせないって言っておいて！　あんだけぶっかましておいて後で謝ればいいって思ってんだったら一生謝らせないから！　それだけ伝えておいて！
姉　秀人、ちょっと来て、
岩井　え、え、（電話に）じゃあ切るよ！　（切る）
俳優　ちょっと！

姉、岩井、病室へ。

岩井　どうしたの？
姉　あんた出てってちょっとしたら、、、
岩井　え、、

病室の前に白衣の医師達が並んでいる。
それらを憎々しげに見ながら通っていく、岩井。

病室に入る。

沈黙。

母　…みんなで、「このまんまここに居続けてもなんだね」って、「とりあえずいったん解散しようか」って話してたら、、それが聞こえてたのかもね、、

医師が一人（加藤）入ってくる。仰々しい。

加藤　おぉ岩井先生あぁ、、変わり果てたお姿で、、早く元気になって一緒にゴルフに行こうと話していたではありませんか…（母に）このたびはとてつもない方をお失いになって、、言葉もありません御《ご》愁傷《しゅうしょう》様《さま》でした…

沈黙。

加藤　…こんな場に私がいるのもあれなので、失礼いたします。

去る。

岩井　今のは…？

母　手術を担当した先生…

岩井　二週間でいなくなったってやつ？

母　（頷き）これもやっぱりおかしいよ、、

沈黙。

母　…初めて兄妹みんなが集まってくれたタイミングで…こんなタイミングでこんなことになって…

姉　それは考え過ぎだよ、、

母　だって、、あそこにみんな集まってるんだよ…こうなるの分かってたみたいじゃない…

一同が見ると、医師達。

岩井　え、、タイミング見計らって、、なんかしたってこと？

母　…だって、十日で退院するっていう話だったんだよ…

沈黙。

岩井　とりあえず、、どうする…？

沈黙。

岩井　母ちゃんは、なんかおかしいって思ってるんだよね？

母　（頷く）

岩井　お兄ちゃんは？

兄　…まあ、俺もそんなに顔出してなかったけど、癒着《ゆちゃく》のあれを七回もやられたっていうのはね、、それがまともなほうの肺に入ったのかもしれないっていうのも含めて、ちゃんと説明もされてないのはおかしいと思うけどね、

岩井　（頷く）お姉ちゃんは？

姉　、、まあね、、確かに説明不足っていうか、ママが言ってたみたいに、ネガティブな予想を全然話さないで、「上手くいってます、上手くいってます」って言い続けたりして、、説明不足だったところは確かにあるんだけど、、やれるだけのことはやってくれたと思うんだけどね、、

母　でも他の病院に客観的な意見ぐらい聞けたっていいと思わない？

姉　それは、、うん、、そうだね、、

母　転院したいって言っても、「この状態で他の場所に移すのは危険です」って、、

岩井　他の病院には行けなかったのね？

母　そうだよ、、パパ、、（泣いちゃう）「この病院にいたら殺される」まで言ってたんだから、、

長い沈黙。

岩井　じゃあ、さて、、、こういう場合は、、解剖に出すっていうことなのかしら、、おかしなところがないか、ちゃんと調べてもらって、、

母　（頷き）折角《せっかく》ね、、こういう仕事をやってきたんだから、、、自分でもくやしいと思うのね、、

岩井　（頷く）

母　だから、、、別に、、医療ミスだろうとかって、、そういうことじゃなくて、、、折角こういうことで生きてきたんだから、、、途中で、、、治療の途中で、どういうことがあったとか、、、そしたら今度から、、もう少しでも改善できるところとか、、、少しでもね、、今後のために役に立つためのことを、、、調べて、、それを教えて欲しいとは、、思うから、、、、

岩井　そうだね、、別に訴えるとかじゃなくてね？

母　（頷く）

岩井　分かった。じゃあその説明はちゃんと聞こう。

姉　そうしよう。とりあえず今日、簡易的な解剖とかしてくれるから、

岩井　そう…え？　どこで？

姉　え？　ここで。

岩井　この病院で？

姉　うん、

岩井　え？（母に）いいの？　それで

母　、、もう分かんないよ、、、

岩井、病室を出て、医師達の元へ、

岩井　あのね、

医師　申し訳ありませんでした。

岩井　…え、なに謝ってんですか…？

医師　…

岩井　ちゃんと説明してくださいよ。うちらすんごい納得いってないですからね…

医師　はい、それはちゃんと時間を作ってご説明させていただきます。

岩井　そうして。それと、解剖って、ここでやるんですか？

医師　はい、こちらできちんと調べさせていただきます。

岩井　他じゃできないんですか？

医師　はい？

岩井　他の病院じゃできないんですか？

医師　え、解剖をですか？

岩井　ええ、解剖をですよ。

医師達、顔を見合わせたあと、

医師　亡くなってから、その解剖だけ、他の病院で行うってことですか？

岩井　？　なに？

医師　治療だけして、亡くなったらその解剖だけを他の病院で行うっていうのは、ちょっと、、

岩井　…あんまりないことなんですか？

医師　聞いたことはないです、、

岩井　（他の医師に）え、そんなにありえないことなの？

他の医師　そんな無責任なことはできません、、

岩井　（悔しい）…とにかく、、じゃあ、、とるなよ、、何も、、父の、、、（内臓）中のもの、、とったり、、盗んだりとか、、なんかおかしなことするなよ、絶対。、信用してませんからな、、

姉　秀人、、秀人！

姉が岩井を連れ戻す。

四場　霊安室の前

岩井と母が並んで座っている。
その前にパンフレットを開き跪《ひざまず》いている葬儀屋。

葬儀屋　そうですね、桐のものでしたら、品質はとてもいいので、みなさまもご安心してご主人様をお送りできるとは思いますね。
岩井　すごいな、棺《ひつぎ》ってこんなにするんですか、、
葬儀屋　折角のお見送りですから、心をこめたいというご家族の方々のためにも、様々ご用意させていただいております。
岩井　これ、二二〇万、、
葬儀屋　こちらは国産の天然檜《ひのき》、むく板《いた》を使っております。
岩井　むく板ってなんですか？
葬儀屋　一枚板でございます。
岩井　ああ一本の木から、
葬儀屋　さようでございます。それを一人の職人の手によって何日間もかけて仕上げさせていただきました。
岩井　一人で？
葬儀屋　さようでございます。
岩井　どうして一人で？　みんなでやったほうが早くないですか？
葬儀屋　そう、、ですかね、まあそこは一人の表現者の世界感というものが、一つの棺に込められているというように考えていただければ…
岩井　…（頷き）ああそれは分かりますねなんとなく、、
葬儀屋　さようでございますか、ありがとうございます。ではこちらで、
岩井　いや、これは高いので別のものを、、こっちの八十万のやつは、、なんか描いてあるんですか？

葬儀屋　こちらは彫刻が刻んでありあります。
岩井　なにが彫ってあるんですか？
葬儀屋　鳳凰《ほうおう》でございます。
岩井　鳳凰…
葬儀屋　さようでございます。
岩井　え、燃えるからですか？
葬儀屋　え？
母　いいよ、安いので。
岩井　だよね、、こういうことにお金使ってもね、、ええと、一番安いのは、、この五万円のが一番安いのかな…
葬儀屋　そうですね、ただそちらですと、ほとんどベニヤとなっていますので、
岩井　ベニヤですか、、
葬儀屋　これは営業抜きにしてなんですけど、少しもったいないかなと思いはいたします。
岩井　もったいない？
葬儀屋　折角のお見送りのお気持ちを表現される時に、やはり「ベニヤの棺で」というのは、、まあここは個人の価値観の違いではあると思いますが、、
岩井　ベニヤか、、まあ、、流石に、そうか、、
母　安いのでいいよ。
岩井　あうん、でも、なんかベニヤみたいだよ。
母　うん。
岩井　（葬儀屋に）ちょっとさっきの説明してもらっていいですか。
葬儀屋　はい、折角のお見送りの機会ですので、お見送りのお気持ちを表現される時に、やはり「ベニヤの棺で」というのは、
母　ベニヤでいいです。ベニヤがいいです。
葬儀屋　あ、
母　ベニヤが一番喜ぶと思います。「ベニヤが一番扱いやすくて好きだ」って言ってましたから
岩井　誰が？
母　パパが。
岩井　（頷く）
母　…ベニヤに包まれて、本人も逝きたいでしょうし…
葬儀屋　あっ、さようでございますか、
岩井　ベニヤでお願いします。
葬儀屋　かしこまりました、失礼いたします。

葬儀屋が去って行くと、入れ違いでさきほどの医師のうちの一人、森本が現れる。

森本 失礼いたします、、

岩井 、はい、、

森本 …速報です、（書類を開き）ええと、、

岩井 は、速報？

森本 あ、はい、、解剖結果の、速報です。

岩井 …

森本 （読み始め）簡易解剖の結果の速報の、、ですが、、開胸《かいきょう》、で、、肺炎、と、汎発性《はんぱつせい》血管内血液凝固症《けつえきぎょうこしょう》、、多《た》臓器《ぞうき》不全《ふぜん》によるもので、間違いない、で。…はい。

岩井 …

母 …この後にちゃんとした解剖もしてもらえるんですよね？

森本 もちろんです、こちらで責任もってやらせていただきます。

母 なんとか、今後の医療の役に立つように、使ってください…

森本 …（なんかお辞儀）

森本、去る。

岩井 あいつが死んだら両親に「速報」って知らせてやる、絶対に…

五場　葬儀

ぞろぞろと参列者が現れる。
音楽。
牧師さんが現れ、兄妹達と参列者達。
母が父の遺影を持って立つ。

牧師　聖書が指し示す通り、イエス・キリストは、生と死の「主《あるじ》」で、あります。私たちが避けることのできない、死という場面においても、イエス・キリストは見守り、神の身元に導いてくださいます。岩井重富《しげとみ》さんは、消化器外科の医師として毎日診療に励むと同時に、細菌の研究も行っておりました。MRSA、院内感染を始めとした感染症の研究に尽力するとともに、当時まだ国内では行われていなかった、腹腔鏡《ふくくうきょう》手術（上手く言えなくて結局適当に済ませる）の日本国内への普及に、努めました。…悪魔はイエスを聖なる都に連れて行き、神殿の屋根の端に立たせて言った「神の子なら、飛び降りたらどうだ」さらに悪魔はイエスを非常に高い山に連れて行き、世のすべての国々とその繁栄ぶりを見せて、「もし、ひれ伏してわたしを拝むなら、これをみんな与えよう」と言った。するとイエスは言われた。「退《ひ》け、サタン。あなたの神である主を拝み、ただ主に仕えよ」そこで悪魔は離れ去った。すると、天使達が来て、イエスに、仕えた。

沈黙。

牧師　…凄い。このようにイエス・キリストはみなさまを見守り、神の身元に導いてくださいます。アーメン。
みんな　（たどたどしく）…アーメン。

牧師の話の最中からか、生前の岩井父のスライドショー。同僚と一緒に山でスキーしてたり、飲み会で盛り上がって有頂天になっているような写真の数々。それを見ている岩井と姉。
おじさんと秘書達が話し始める。

秘書① そうです、そうです、あちらにも三人いらっしゃってて、
おじさん えーじゃあ皆さん秘書さんなんですか、
秘書① そうですそうです、
おじさん へえじゃあ、、歴代のね、、秘書さん達が、、みなさん、へえー、
秘書① 普通ね、こういった場にも、なかなか全員は集まらないですから、
おじさん それはやっぱり人徳ですよね、、え、何代目なんですか？
秘書① あー私は三、、四人目かな、
秘書② 私が三番目だから、
秘書① そっかそうだ、、だから、、たまにね、私たちみたいな、、今まで一緒にやってきた秘書さん達を集めて飲み会みたいなのも開いていただいて、
おじさん ああ、、そうなんですね、岩井先生らしいですね、、
秘書① そうですよね、、
秘書② ね、、ほんとに、、分け隔てなく、みんなに優しくしてくれましたから、、
秘書① なかなか、、ああいった、大らかにね、、優しくみんなに、っていう方は、
おじさん そうですね、、特にこういう業界はね、、
秘書① ですよね、、ほんと珍しいですよ、、
おじさん そうですよね、、、や、だって、僕も同じ時期にね、、板橋の病院勤務だった時があるんですけど、、ほんとやっぱり、いつもみんなを誘ってね、「おーい行くぞー」なんていってね、旅行とか山とかに連れて行ってくれたり、、ご飯もね、、よく連れてってくれて、、
秘書② そうなんですよね、、わかります、、
秘書① いっつも冗談言って笑わせてくれてね、、
おじさん ああそうでしたそうでした、、そうですよね、、
秘書② だからほんとに、、くやしいですよね、、もったいない、、
おじさん もったいないですよね、、もったいないです、、

といったやりとりを黙って聞いている、岩井と姉。

牧師 それでは、神の子、岩井重富さんの奥様から、ご挨拶をいただければと思います。

母 本日はみなさま、わざわざご参列いただきまして、ありがとうございます。こんなに多くの方々が集まっていただけるとは思っていなかったので、主人も喜んでいると思います。本当にありがとうございます。主人はよく、自分でつくったラジコンの飛行機を持って、私とまだずいぶん幼い子供達を車に乗せて、公園に連れて行ってくれました。連れて行ってくれたんですけど、自分で一生懸命作ったラジコンの飛行機だったので、子供達に触らせたくなかったんだと思います。大喜びでラジコンに近づく子供達を、「触るなー！ 触るなー！」っていって、蹴散らしていました…ずいぶん昔の話になっちゃいますけど、、、私と、主人とは、、、当時大学生だった私がアルバイトで行っていた、、駿河台にある、細菌研究所で、、出会いました、、

六場

若き日の母が顕微鏡を覗《のぞ》く。菌がうじゃうじゃしてる。
抗生剤《こうせいざい》と細菌の関係をスライドか映像で。

母　くー、いいね！

母、何かをたらす。菌の動きが止まる。

母　いいねー！　おほほほほ、、、

父、登場。

父　通子《みちこ》ちゃん、ちょっといいかな？
母　あ、はい、、

二人、部屋を出て歩く。

父　どう？　仕事は。こんな男だらけのところで、むさっくるしくない？
母　う〜ん、そこはあんまり気にしてないですね、、
父　そっか、たくましいね。
母　やっぱり顕微鏡覗けるのが楽しいんで、
父　珍しいよね、女性で、こういうことに興味があるっていうのは、
母　えーそうですかね？
父　珍しいよ、なんか、現代のさらに一歩先を行く女性、みたいな感じがする。
母　いえいえそんなそんな、
父　まあでも、これからは女性の時代だからね、、
母　あら、そうなんですか？
父　うん、僕もね、もし結婚したら、今までの日本の

古くさい亭主関白じゃなくて、男性も女性もそれぞれに目的を持って、お互い自立した生き方ができるような生活をしたいって思ってるんだよね。

母　おーなるほど、、
父　…これからは女性の時代だからね。
母　はい、、
父　すごく、よろしいことだと思いますよ。自ら望んで細菌研究所なんかで働きたい、って。男勝りな感じがね。
母　あ、ありがとうございます。
父　お医者さんに？　なりたいの？
母　や、それはちょっと諦《あきら》めてて…
父　どうして？
母　あ、まあ、色々あって。だから、臨床心理士になろうかと思ってます。
父　へえ、
母　まあ、なれたら、ですけど。
父　すごいじゃない、いいよ、女性もしっかり自分の仕事を持って生きていくべきだからね、その生き方は僕も尊重したいね。

母　ありがとうございます、、
父　通子ちゃん、
母　はい、
父　ご両親に、挨拶させてもらえないかな、
母　え…というのは？
父　おつきあい、させてもらいたい。
母　あぁ、
父　どうかな？
母　…えっと、まだちょっと、私も学生だし、結婚なんてまだ考えてもいなかったから、、でもでもお気持ちは嬉しいしありがたいとは思うんですけど、、
父　そうか、、あ、なんかすみません、ごめんなさい、いきなり過ぎた、確かに、、
母　まあ、はい、、
父　ごめんごめん、ごめんなさい、ちょっと気が早かったねこれは、、
母　いえいえ、、
父　いったん忘れて。ごめん。こんなことしたら、仕事場でもやりづらいよね…
母　あ、いえ、大丈夫です、、

父　戻ろうか…

母　あ、はい…

来た道を戻る二人。気まずい雰囲気。

父　あそうそう、今度学会で妙高《みょうこう》に行くんだけど、一緒に来てみない？

母　え？

父　妙高。新潟《にいがた》の。

母　知ってます、

父　そこで山岳部の連中が結構集まるから、みんなで山登ろうって言ってて、通子ちゃんも行かない？

母　…ぼ、望遠鏡持っていっていいですか…

父　おお、もちろんもちろん、いやいいよ、僕の持っていくから、それ使いなよ。

母　え、でも、私も行って大丈夫なんですか？

父　大丈夫だよ。みんなも、通子ちゃんも来ないかなって言ってたし、これだけうちで働いてくれてるんだから、通子ちゃんは医局の一員だよ。当たり前だろ？

母　（嬉しい）医局の一員…え、ほんとですか、、

父　そうだよ。それに、学会も見てみたいでしょう？全国から薬学の博士やら教授やらが集まって論文の発表するんだから。

母　見たいです…

父　うん、じゃあ一緒に行こう。よかった。じゃあ、行くね。

母　あ、はい、、

父　あ、さっきの、ご両親に挨拶のことは、いったん忘れてね！

母　はい！　忘れます！

父、去る。

岩井　なぜ母が、あんな暴君な父と結婚をしたのか、僕にはまったく分からなかったのですが、結婚前の父は、まったくもって普通の兄ちゃんだったそうです。それでもなぜ結婚をしたんだろうかという、しつこい僕の質問に、母は結局、明確に答えを教えてくれませんでした。（母に）なんであんなのと結婚したの？

母　う〜ん、、

岩井　…だって、理由くらいあるでしょう？

母　そうね〜、、
岩井　え？　かっこ良かったの？
母　それは全然ないね、それは全然思わなかった、…
岩井　じゃあなんなの、、
母　…病気になったんだよね。
岩井　誰が、、
母　パパが。
岩井　なんの？
母　結核よ…
岩井　…うん、、
母　結核菌ってさ、、、うつるのとうつらないのとあってさ、時期によっても変わるんだけど、隔離しなくちゃいけない時と、そうじゃない時とあってね、
岩井　…
母　その時の手術も反対したんだけどねぇ、、しっかり切って治さないと、外科医はできないって言われちゃったらしくてね〜、、おっきい病気持ちながら立ち仕事なんてできないじゃない？　だって十何時間も続くこともあるんだから、おばあちゃんの時だってそうでしょ？　あれは盲腸だったけどさ、

岩井　こんな感じで、結婚した理由は？　と聞いたはずが、気がつくと全然違う話に流れ着いてしまうことが、もの凄く多かったです。なんの話だよもう、

医局の人、現れ、

医局員　岩井先生が入院した話は、聞いた？
母　はい、、結核、ですか？
医局員　そうそう。
母　大丈夫なんですか？
医局員　う〜ん、、どうだろうね、、
母　…
医局員　かなり落ち込んでたからね、、、
母　…落ち込んでた？　……え…
医局員　…うん…通子ちゃんのことで、かなりショック受けてたみたいで結構落ち込んでて、そこから段々、体調まで悪くなったみたいでさ、、。まあでもそれだけが原因ではもちろんないんだろうけど。よかったら、、お見舞いに行ってやってくれないかな、、ちょっとでも責任感じてるならさ、

母　あ…はい、、

医局員　ちょっとだけでいいんだ。ちょっとだけでも責任感じてるなら、ね。

母　行きます…

医局員、去る。

父、マスクをし、アルコール消毒の霧吹きをしながら登場。

母　大丈夫ですか…？

父　ああ、通子ちゃん、ごめんねわざわざ、、　あ、これで、消毒して。

父、霧吹きを渡す。

母　…あ、はい、、

怪訝《けげん》な顔で消毒をする母。

父　手と、口も。あ、これもして。

マスクを渡す。通子、マスクをする。

母　…

父　情けない。こんなことになるなんて、、

母　…

父　大丈夫？　大学は？

母　ああ大丈夫です。

父　そう…

母　…

父　…

母　（盛り上げようと）なんか、つまんないんで、大学。

父　ああそうなの？

母　そう。今時「女性とは慎ましく、家を守るべき存在です」とか、学長が演説しちゃうようなところなんで。

父　え〜そうなんだ

母　そうですよ。なんか、周りの子もみんなお嬢様ぶってて、一緒にいるときつい。サムい。

父　はは、そっか、、通子ちゃんには似つかわしくないねそれは。

母　私はもうなんか、スラム街みたいなところのほうが落ち着く。「あれ？　泥棒入ったばっかり？」みたいに散らかってるところのほうが。

父　あはは、

母　わたし、掃除とか苦手だし、

父　ああそうなの？　まあ、それくらいでもいいんだよ、これからの女性はさ、

母　はは、少しゲボが点々としてるくらいが丁度《ちょうど》いいです

父　ゲボはやめなさい。ダメだよ。

母　？

父　人間の吐《と》瀉物《しゃぶつ》にはね、、、やまほど細菌が含まれてんだよな。例えばこういう病院だって、いってみたら病原菌の倉庫みたいなもんだよな。そこにさらにさ、僕みたいに病気になって免疫力が低下した人達がどんどん集まって来てるんだから、、、病気を取り替えっこしに来てるようなもんなんだよな、、。

母　…あ、その論文、読みました、、

父　うん、ほんとならさ、こう、目ん玉にも何か、シールとか貼っておきたいぐらいだよハハ、

母　あはは、

父　全身の粘膜という粘膜にねー。だって、平気であぁやってほら（そこいらを指し）。医者も患者もマスク一つつけないで歩き回ってるでしょ？　あんなの、病気うつそうとしてるようにしか見えないよね…まあ、そのうち変えてみせるけど、、

母　（頷いてる）…

父、そんな話をしながらずっと糸を結び続けている。
（手術の縫合《ほうごう》の練習）

母　なんですかそれ、

父　や、これ、結んでんの、

母　え？　なんですか？

父　や、この、ほどけないやり方、、無意識でもできるようになっておかないとだから、、

母　（頷き、見ている）、、、、

父　やってみる？

母　いいですか？

父　ここにひとつあるからこれ使って、

母　どうやって、、

父　見てて……あうまいね

父、母、糸を結び続ける。（手術の縫合の練習）

父　丁度ここ出る頃に、上越《じょうえつ》の医療センターの担当が交代になるから行こうと思ってて、、

母　ええ、はい、

父　まあ、なんだ、、ね、通子ちゃんも、遊びにおいでよ。

母　あ、、

父　診療のとき以外は、スキーし放題だから、医局のやつら、山岳部出てるのが多くて、みんな上手いんだよ、スキー。

母　えー楽しそう、、

父　そうだよおいでよ、通子ちゃんも山好きでしょう？

母　あはい、一応、気象部入ってたんで、学校の山荘とか、毎年合宿に行ってました。

父　おーじゃあいいじゃない、気象部か、カッコいいね

母　いえいえ、バキンバキン落ちて来るカミナリ避けながら、風向き調べてただけです。

父　ははは、男勝りだねホントに、、たくましいね、、

母　いえいえ、

父　すばらしいよ、、色んなことに興味を持って、、そこに突進してくんだから、

母　あはは、

父　これからは、女性の時代なんだから、、それぐらいの勢いでいてくれないと。

母　：

父　ご両親に、挨拶させてくれないかな、、

母　：

七場

女医が岩井の渡した書類を見ている。

岩井　これってわざと炎症起こす薬なんですよね。
女医　うん、
岩井　それが反対の肺にも流れ込んだみたいで、結局肺炎にもなってるんですよ。
女医　うん、、
岩井　それで最終的に多臓器不全って、ほかんところも全部ダメになっちゃってるんでしょ？　こういうことってありなんですかね？
女医　ふ〜ん、、（書類見てる）
岩井　肺がん切って、それがくっつかないからってくっつけようとしてるうちに、他の臓器にどんどん負担かけていったっていう風にしか見えないんですよね、素人目《しろうとめ》にはですけど、、なんか、おかしいところってないですか？
女医　うーん、、明確におかしいかどうかって言うのはねえ、、こういうのは、「こういう状態だったから、この治療をしました」っていう流れが書いてあるだけだから、、
岩井　…でも、家族みんな違和感持ってて、、ちゃんとした説明もされなかったみたいだし、、なんか、、わざわざやらなくてもいいことやられて、あんなことになったんじゃないかと思って、
女医　…岩井先生、自分で肺がん見つけたんだよね、うちの病院で。
岩井　え、自分で？
女医　そうそう、自分でレントゲンとって。
岩井　ああそうなんですか、、
女医　うん。で、それもちろん私たちも見せてもらったんだけど、、結構、、周りのみんなも言ってたんだけど、

適応外だっていう話にはなってたのね。

岩井　…なんですか「適応外」って

女医　「適応外」っていうのは、、つまりなんだ、、ちょっとこれは手術はしないほうがいいんじゃないかしら、みたいなこと。

岩井　…

女医　色んな理由があって。年齢のこととか、肺自体の耐久力とかを考えた時に、全身麻酔してそのまんま起きてこなかったりすることもあるわけで。「適応外」って判断して、手術をしないっていうこともあるのね。

岩井　え、それで、父のは「適応外」だったたってことですか?

女医　う~ん、まあ、私たち的にはね。

岩井　え、そうなんですか、、

女医　ただ、岩井先生自身は、もう、切る気まんまんだったからね、

岩井　へえ、、

女医　「あの病院には人間国宝の肺がんを切った先生がいるんだ!」って言って、

岩井　なんですかそれ…

女医　や、その一点張りだったよ。まあ私たちもそこまで強く「適応外」っていうふうには言えないしね、、もしもの時のリスクなんて、本人が一番よく知ってるわけだし。それこそ自分を信じてやってきた人に、こんなペーぺーが「やらないほうがいいですよ」なんて言えないんだよね。

岩井　え、じゃあ、父だけは、切るぞって言ってて、病院のみんなは、切らないほうがいいって言ってたってことですか?

女医　う~んまあ、そういう感じではあるかな、、だから手術したっていう話を聞いた時も、みんなで、「開いても切りようがないんじゃないか」って、、

岩井　でも、そういうこともあるんですか?　そうやって、、どう考えても切らないほうが良い、っていう時に、や、俺は切るんだ~って、それって明らかに無理な話だったんですよね?

女医　ああでもそれはね「切ったら治る」っていう可能性を考えるか、それとも切った時の体の負担っていうリスクのことを考えるかみたいなことで

岩井　ああ、はい、、

女医　その二つで考えたら、岩井先生はリスクのことよりも「切ってキレイに治す」っていう選択をして来た人なわけでしょう? 仕事として。生涯かけてさ。

岩井　…ええと…でも、本人がどれだけやる気でも、それを頼まれた病院側がちゃんと判断して、手術できませんっていうこともできたんじゃないんですか?

女医　…う~ん、まあ、、

岩井　…

女医　ただ、、結果だけ見て「手術しなければよかった」っていうのは簡単なんだけど、、リスク「だけ」を回避するっていう考え方だけしてたら、それこそ、岩井先生がずっとやってきたこと自体を否定するしかなくなっちゃうかな、、

岩井　、、

女医、いなくなる。

八場　岩井家（新婚）

母が新聞を読んでいる。（産まれた長男が転がっている）
父がそこに入ってくる。

父　…おはよう
母　おはよう
父　…
母　…

父は母のそばに座り、新聞を読む母の姿を見ている。

父　…夕べは？
母　？
父　夕べ。
母　え？　夕べって？
父　何時くらいに帰って来たか覚えてる？
母　え、、昨日は、、ああ、何時くらいだったっけ、
父　…
母　あ、九時か十時くらいだったっけ、や、昨日大変だったんだよ、担当してる人が「飛び降りる」って言って、私のこと呼んでって言われて行って、警察の人と一緒にず〜っと説得しててさ、
父　ちょっと、とりあえず新聞は閉じろよ、さすがに。
母　…え？　…ああ、うん、ごめん、、
父　…それで？
母　それで？　ああうん、そうそうそれで、警察の人と一緒に説得して、まあほんと何時間くらいかかったか分からないけど、とにかく話して、まあほとんど話を聞くだけだったんだけど、聞いて、警察の人はほんと余計なこと言おうとするから、ちょっとここは私にやらせてもらえますかって言って、話して、やー

もう三時間くらいかな、ようやくもう、とりあえず諦めてくれて、そこからまた家のそばまで一緒に帰りながら、話して、、でもほんと、なんとか、最悪なことにはならなくてよかったから、、うん、それでずいぶん遅くになっちゃった、帰って来るの、、

父　ふ〜ん、、

母　、、そうそう、、

父　まあ、今は教育期間だからな、、しょうがないんだけど、、

母　、、？

父　まあまず…俺より遅く帰って来るのはやめろよな、

母　…

父　だって、いるか？　夫より遅く帰って来る女。いるか？

母　…

父　いないだろ？

母　…

父　あと今のもな。夫の前で新聞読む女がいるか？

母　…

父　な？　まあ今は教育期間だからしょうがないけどな、、頼むよ、、

母　…

父　まあ段々でいいから、いきなりはあれだろうからな、でももうちょっと考えてくれよな、、

母　…

父　な？

母　ああ、うん、、、はい、、、

父、新聞を読み始める。

母　…あそうだ、

父　…

母　来週って言ってたよね？

父　…なにが？

母　学会。穂高《ほだか》って言ってたよね？

父　うん、、

母　いいね〜穂高か〜、いいな〜、また登るの？

父　まあうん、山岳部の連中も集まるから、

母　あ、みんな来るんだ。

父　…なんだみんなって、、

母　や、前も一緒に行ったから、みんな頼もしくて面白

母　ははは

父　釣った魚に餌やるバカがいるか？

母　……

父　はは、

母　……

父　行ってくるわ、

　　父、出て行く。

母　……

父　くて、いいよねえ、

母　ああ、はは、、

父　いいなあ、行きたいなあ、

母　まあでも山岳部の集まりだから。そもそも学会だし、

父　ああうん、でも、学会も行ったことあるし、、まあ

　　別に無理にとは言わないけどさ。山岳部の人達とも久

　　しぶりにね、

母　まあまあ待って待ってそれは、

父　、、、あうん、別に無理にとは言わないけど、、うん、

母　うん、まあ、また今度でいいだろう、、

父　（頷き）

母　……

父　あじゃあさ、今度またご飯行かない？

母　なにが？　どこに？

父　や、どこでもいいよ、どこでも。

母　……

父　や、結構、結婚して生まれてバタバタだったからさ、

　　ご飯行ったりどっか山行ったり、最近してなかったか

　　らさ、

母　（笑）まあ、はは、

九場　関東医大

医師加藤、医師森本と向かい合って座っている、母と岩井と女医。

加藤　それでは、病理解剖の結果ですね。こちらが、画像になります。（森本に）じゃあ、

森本がスライドを操作。父の遺体の舌の画像が映し出される。

森本　こちら、皮下出血が出ていました。舌炎《ぜつえん》といって、、、舌のほうにも、菌塊《きんかい》が見受けられました。感染症ですね。

スライド操作。足。

森本　足のほうも水泡と皮膚炎が伴っていました。これも感染症が起きていますね。この頃にはだいたいのところが感染症にかかっております。

スライド操作。肺。

森本　こちらが肺になります。標本作製のために、ホルマリンに固定してます。肺の上のほうがくっついてしまっていまして、肋骨《ろっこつ》ごと取らなくちゃいけなかったんですね。ですので肺の上のほうは、評価できる感じではありませんでした。

スライド操作。肺のアップ。

森本　ここが、空気漏れが生じていた部分です。ここにまた、癌細胞が大きくなっていく様子が見受けられます。

癌細胞のアップです。

　　スライド操作。胸膜《きょうまく》。

森本　抗がん剤をまいていたために分厚くなっていた胸膜です。あと、リンパ節にも転移がありました。その他、右膿胸《みぎのうきょう》、混合性肺炎。肺気腫《きしゅ》、肺水腫《すいしゅ》。慢性肝炎。黄疸。胃炎と膵炎《すいえん》症、舌炎。出血として全身に出血を認めております。出血性皮膚炎もはしばしに認めております、、あとは大きな所見は、見受けられませんで、、病理学的な直接的な死因は多臓器不全となっております。

　　沈黙。

加藤　やれるだけのことはこちらでやらせていただいたのですが、、結果的に、、こういった形になってしまいました…岩井先生のお立場のことなどはここでお話にあげることではないと思いますが、そういったことも含めて、我々の力が及ばなかったということは、、、非常に悔しいことではありますし、なにより、、ご親族の方々にも、、申し訳なく、思っております。

　　沈黙。

母　（泣き）、、

岩井　（母に）平気？

母　ごめん、、ちょっと、、

岩井　…ごめんなさい、ちょっとこれ（スライド）消してもらっていいですか？

　　森本がスライドを消す。

　　沈黙。

岩井　そもそもの手術をするっていうか、、手術をしたほうがいいのかっていう判断って、あったんですか？もしかしたら、そもそも開かないほうがいい、みたいな判断なんですけど、、

加藤　、しないほうがいいという判断ですか？

岩井　…、ええ、だから、、手術しても、、こう、、良い見込みがなさそうだとかっていう、、

女医　適応外かどうかですね。

加藤　…？

女医　適応外か、どうか、っていう判断です。年齢とか、肺のそもそもの状態で、適応外っていう判断はできなかったんでしょうか、、開胸した時にも、その判断が、できる状態だったんじゃないか、、、っていう質問だと思います、、

加藤　…

加藤、黙って女医を見たあと、

加藤　…そうですね、適応外という判断も、できたとは、思います。ですが、岩井先生自身のご依頼でしたので、そこに、適応外という風に言って、、お断りするということは、やはり、、私たちにはできかねますので、、できる限りのことは、我々もやらせていただければと思っていましたので、、

岩井　…

女医　…それは、分かるんですね、岩井先生自身が、この病院の、加藤先生に、っていう風に名指しで仰《おっしゃ》ってましたから。それは分かります。ただ、その後に、いざ手術っていう段になって、いざ開胸しましたっていう時に、、、まあ、肺の状態が分かりますよね、まあ見えますよね？　目視できますよね？

加藤　…はい、

女医　その時に、、なんだろ、、状態ですね、、もし切ったとしても、「癒着」するかどうか、、自分で切った部分を「癒着」できるだけの力がその肺にあるかどうかって、分かりませんでしたか？

加藤　…

女医　難しかったですか？

加藤　…確かに、肺の状態が良かったとは、言えなかったかもしれません。岩井先生はお年も召されてましたし、まあ、タバコも吸っていた期間が長かったので、それなりの、状態では、ありましたから。ですけど、、、そこで、、、開胸をして、、、何もせずに、、閉じる、ということは、、、ちょっと、、我々には、、できかねますね、、、

岩井・女医　…

加藤　やはり、岩井先生のお立場のこともございますし、直接、我々のところに、みずから外科手術をご希望なさって、いらしゃってくれたので、、、そこに、、、そうですね、、そこに答えられずに、例えば（女医が）仰ったみたいに、開胸して、例えば「癒着」が難しそうだから、なにもせずに閉じて、閉じたとしても、そのあとに岩井先生に、なんと、、なんと言えばいいか、、といいますか、、そうですね、、ちょっと我々には、、その期待を、、、適応外ということだけで、その期待を裏切る、ということは、、なかなか、、ちょっとできませんね、、

岩井・女医　…

長い沈黙。

岩井　ああ、あの、それで、、今度は、、術後のことなんですけど、、その、くっつかなかった肺のところをくっつけるのに、、、えっと、、

女医　ピシバニールですね。

岩井　ああ、それを、、結構な回数やるっていうのは、、

加藤　はい、

岩井　、七回っていうのは、、

加藤　（書類を見て）はい、、そうですね、、はい、、七回、結果的に「癒着」の療法は行いました。これは、、やはり、結果的には確かに七回やったことにはなるのですが、実際にまあそうなんですが、、一回ごとにそれは、、やはり、体への負担も相当なものですから、、、、次はなんとか、うまく「癒着」してくれれば、、ということでしたね、次こそは、、、、

沈黙。

加藤　、そうですね、、やはりお体への負担は大きかったし、岩井先生も相当苦しかったと思います。ただ、あの時点では、他に方法は見つかりませんで、、途中で少しでも負担が軽くなるように、挿管《そうかん》ですね、、直接肺に空気を送り込むという処置もして、、なるべくお体への負担と、まあ、、直接ご本人が感じる痛みも、、減らせるだけ減らして、、その上での、、処置とは、なってしまいましたが、、

沈黙。

岩井　僕いいですか？

加藤　あ、はい、

岩井　あの、これはちょっと、、別の話になっちゃうのかもしれないんですけど、、その、手術が終わってからの、治療というか、まあ手術の後の治療の時に、、こう、、あんまり、、ちゃんと説明というか、そういうのをしてもらえなかったっていうか、あんまり、ポジティブなことしか言ってくれなくて、、、なんていうか、ネガティブな要素というか、、、「これをやれば上手くいきます」みたいなことしか言ってくれないのに、、、でも父自身は「おかしい」とか、「他の病院に転院したい」って言ってたらしくて、、

加藤　はい、、それは、、やはり、、ご希望に添えなかったことは、大変申し訳ないのですが、、集中治療室に入ってる患者さんを、別の病院に移させるという判断は、我々には、、、ちょっと、できませんので、、

岩井　、、、

加藤　まあ、、確かに、後から考えれば、やはり、後手《ごて》に後手に回ってしまったというところはあるかもしれません、、、ただ、やはり、我々としましては、、、やはり、同じ仕事をして来た者同士といいますか、いえ、もう大先輩ですから、、なんとか、ご期待に応えたいとは思っていたんですが、、、こういった結果になってしまったことについては、、非常に、悔しいですし、、なにより、、ご親族の方には、申し訳なく思っております、、、

沈黙。

岩井　、、あの、、、なんかね、、なんかなんですけど、、、今みたいに（加藤）先生がそうやって話してたら、ここまで、、ここまでというか、、父も母も、、もうちょっとは納得っていうか、、納得じゃないか、、もうちょっと、ネガティブなことも、、ネガティブな可能性もあるんだっていうか、そういうことも覚悟？　…覚悟しながら、、、進めたと思うんですよ、、、でも、本人も、母も、かなり、、、説明が足りなかったというか、、、まさか

行くだろうと思ってなかった方向に行っちゃったっていう感じがあって、、(母に) え、だって、(加藤を指し) 先生に説明を受けてたわけでしょ?

母 (頷き) でも術後はこちらよ。

と、母はスライドのそばでじっとしていた森本を指す。

岩井 …え?

母 術後はこちらの、、森本先生、、

岩井 そうなの…?

森本 (お辞儀)

岩井 …

森本 …

岩井 …え? あんた、、なんで何も言わないの?

森本 あっ…

岩井 え、じゃあ今までの話も、、術後に関しては、だからくっつける治療の話に関してはあんたが全部説明してたってこと? ですか?

森本 (頷く)

岩井 …あんたがこの人達に説明してたってこと…?

森本 …(頷く)

岩井 喋ってよ! 喋ってくださいよ!

森本 …そうです、、

岩井 …なんで今までずっと黙ってたんだよ! なんで今までずーーーと黙っていられるんだよ!!! あんたの話でしょう!? あんたと父と母の話だったでしょうが!?

森本 (頷く)

岩井 …おかしいでしょう!? だって、じゃあつまり、みんなが納得できなかったのは、あんたの説明が足りなかったからだっていう話をずっとしてたってことでしょ?

森本 …(頷く)

岩井 「この病院にいたら殺される」って言ってたんですよ? (母に) 言ってたんでしょ?

母 …

岩井 言ってたんですよ。それは知ってます?

森本 …

岩井 知らないですよね? おんなじ仕事してきた相手に、そんなこと言われてるんですよ?

森本 …

岩井　（加藤に）あなたもあなたで、なんであの人に喋らせないんですか？

加藤　あ、はい、、彼はちょっと、、口べたというか、、口べたなので、、

岩井　…（森本に）ねえ、なんかないですか…？　話してくださいよ、、別にこっちはなんかぶつけようとか思ってるわけじゃなくて、、だから、なんとか少しでも納得、、納得まではいかなくても、ちょっとでもなんかが進むとかよくなる方向になるようなことを少しでも話して、、みたいなことをしたいんですよ、、なんか言ってもらえませんか…？　全部黙ってやりすごすつもりなんですか…？

森本　…はい、、あの、即答すべきだったと思います。

岩井　…

森本　…夜間、苦しい思いをさせてしまったことに関しては、非常に、、申し訳なく思っております。休みの当直だったので…自分が詰めていられなかったことに関しては、残念に思います。せめて平日の時だったら、、なんとか対応ができたのかもしれません、、二十四時間ずっと、病院にいるわけにもいかないので、、タイミングは、非常に悪かったと、思います。

沈黙。

岩井　（またなにかブーブー言おうとするが）

森本　…でその後の、、対応ですね、、もう少しつまびらかに説明をしていれば、分かっていただけたかな、と、、グッドニュースだけじゃなくて…バッドニュースも、お話ししていれば、と、、後悔というか、反省ですね、、それは、あります、、

岩井　…

沈黙。

母　あのう、、主人も、、みなさんと同じように、、、こういった仕事をしてきた人なので、、悔しいと思うんですね、、、ですから、、こういうことに、、こういうことになってしまったんですけど、、それでも、なにかしら、お役に立てることがあったら、できることなら、、お役に立てればって、主人も、思ってると思うので、、、

よろしくおねがいいたします、、

加藤・森本　…

森本、パソコンを閉じる。

岩井　(森本に)、、おい、パソコン閉じんなよ、よろしくお願いしますって言ったろ！　お前何見てた、何聞いてた!!

母　もうやめようよ、、

十場　岩井家（兄妹産まれた後）

朝。食卓。姉と小岩井、食事をしている。
兄が床に正座している。
母、入ってくる。

母　（兄に）ね、、もうやめようよ、、

兄　…

父が入ってくる。

父　今日朝飯いいや、、

母　あほんと、、分かった、、

父、兄に気づく。

父　なにしてんだお前、

兄　…

父　おい。

兄　…

父　（他の面々に）なんだこれ？

母　（兄に）ねえもうやめようよ、、

父　なにが？　なんだよ？

兄　…や、あんたが言ったんでしょう、

父　…なにを、

兄　昨日。

父　…

兄　正座してろって、あんたが言ったんだろ…

父　…ははは、、それでずっとそれやってたのか、、はは、、

母　覚えてる？

父　なにが、

母　言ったのは覚えてる？

父　…
母　正座してろって言ったのは覚えてる？
父　…行くから、もう、
姉　（兄に）おにいちゃん、もういいよ。やめようよ、
兄　…
父　（兄に）やめるなよ。そこまでやったんだからな。やめるなよ。
母　やめてよ！
父　なにがだよ！　やりたくてやってんだろうこいつは！
母　やりたいわけないじゃない！
父　じゃあなんなんだよ！
母　あなたが言ったから、やってるんだよ!?
父　おおそうか、俺が言ったからやってるのかそうかそうか！　それでじゃあいつまでやるんだ!?
母　…知らないわよ。
父　（兄に）いつまでやるんだ？　どんだけの覚悟があるんだよ？
兄　…
母　違うよ。いつまでやるかなんて話じゃないでしょう？　あなたが言ったことが、こういうことだっていうことを、この子は、、必死に、、怖いけど必死に、、やってみせてるんでしょう…？
父　（兄に）そうなのか？
兄　…
父　俺はな、今日な、これを持っていくんだよ。

父、ビニール袋を取り出す。器具が入ってる。

父　分かるか？
兄　…
父　分かんないだろう？　（母に）じゃあお前分かるか？
母　…（首を振る）
父　これはな、大したもんなんだよ。腹腔鏡つってな、これは日本じゃまだやってない方法なんだよ。それを俺はな、日本でもやっていかなくちゃいけないって思ってんだよ。これがあったらな、今まで手術できなかった人にも、負担かけないで手術できるようになるんだよ！　凄まじく体に優しいんだからな!!　それだけのことをやってるってことなんだよ！

一同、シーンとする。

父　大したもんだよ。正座しろって言われたから正座してるんだろ？　食らいついてるんだろ!?　それは大したもんだよ。だったらな、俺もやってるんだよ！　俺も必死に食らいついてるんだよ！　いいか、、俺はな、毎朝毎朝、、自分の尻の穴を自分の尻の穴に入れてんだよ！

沈黙。

父　行ってきます！

父、出て行く。

姉　なんなの、、意味分かんない、、

母　いいんだよ、気にしなくて。。

小岩井　なに、、尻の穴って、、

母　痔《じ》なんだよ、、飛び出す系の、、（兄に）ほら、もうやめよう、、

兄、泣き始める。

母　…

小岩井、兄に寄って行き、

小岩井　大丈夫だよ、いつか、、ね、、

兄　（頷く）

小岩井　寝てる間に、、

兄　寝てる間に、、うん、、

母　なに？　なんの話？

沈黙。

小岩井、兄、姉、母、出て行く。

十一場　岩井家（さらに後）

父が入ってくる。

父　秀人〜

小岩井、現れる。

小岩井　なに？

父　…まあ座れよ。

小岩井　…だからなに？

父　…（座れ）

小岩井、座る。
母が入ってくる。

父　お前はなにしてんだ？

小岩井　…

父　なあ、

小岩井　…なにが、

父　お前はなにしてんだ。

小岩井　だからなにが、、

父　だからなにってお前、学校行ってないんだろう？

小岩井　…

母　やめようよ、やめてよ。

父　おおなんでだよ、

母　だって、

父　（小岩井に）なんだよ、聞かれたくないのか？

小岩井　…

母　そういうことじゃないじゃない、、

父　おい、さっきからこっちは高校行かないでなにしてんだって言ってんだよ。

小岩井　…

父　答えられないのか？

母　ねえやめてよ、

小岩井　や、バイトしてるよ…

父　おーそうか、バイトしてるのか、アルバイトか、どこでやってんだ？

小岩井　…

父　どこでやってんだよ。それも答えたくないのか。

小岩井　やだから別に、、今は内装のバイトやってるよ

父　おー土方か。お前はふらふらふらふらふらして土方やってんのか。

小岩井　…

母　だから結局そうなるじゃない、だったら聞かなきゃいいじゃない、

父　なんだよ？　なにがそうなったんだよ？（岩井に）お前は土方やってるんだろう？　それがなんかダメなのか？

母　だってそういう聞き方をするじゃない、

父　なんだどういう聞き方だよ？（岩井に）お前は土方でも誇り持ってやってんだろ？　だったらそれでいいじゃないかよ！

小岩井　…

父　…それでどうするんだよ？

小岩井　…

父　それでこの先どうするんだっつってんだよ、一生アルバイトか。コジキにでもなんのか？

小岩井　…

父　…コジキか？

小岩井　…なにそれだとダメなの？

父　…

小岩井　コジキはだめなの？

父　おーそうか、じゃあコジキになんだな？　お前は。

小岩井　やだから…コジキは何がダメなの？

父　おーそうかそうか、おーじゃあ俺よりコジキのほうが偉いのか、

小岩井　…や知らないけど。別にコジキより医者のほうが偉いとも思わないけどね。

父、小岩井をビンタ。

母　やめてよ！

小岩井　…

母　ねえもうやめてよ、

父　…大したもんだな。高校も行かないでブラブラして、コジキになるっつって威張《いば》ってんのかお前は…

母　そんなこと言ってないでしょ？

父　じゃあなんだっつってんだこいつは、

小岩井　…や、コジキよりあんたのほうが偉いっていう証拠を教えてよ。

母　やめなさいって、

父　…こっちは何人の命救ってると思ってんだ、

小岩井　…

父　言ってみろよ、どんだけの命救ってると思ってんだ、

小岩井　や知らないよそんなこと。人の命救ったらもう絶っ対、偉いの？　どんだけ威張って引っぱたいてもいいの？

父、小岩井をビンタ。

母　ねえやめて、秀人ももうやめようよ、

小岩井　…

父　大したもんだな…化けもんだなお前は、、誰に養ってもらってそんなでかい口たたいてんだお前は、

母　ねえやめてよ。

父　なあ、誰に養ってもらってんだよ、言ってみろ、

母　それ言われて、なんて言い返せばいいと思う？

小岩井　や、あんただよ。

父　…

小岩井　あんたが養ってくれてんだろ？　…養えよ！

父、小岩井の頭をおもっくそはたく。

母　やめてよ！

父　…

母　ねえもう台無《だいな》しじゃない、、なんでそんなこと言うの？

父　…

母　余計なこと言わないでよ。

父　なにが余計なことなんだよ!?

母　…そんな言い方して外に出ろ外に出ろって言ったって、どうにもならないでしょ？

父　おーじゃあどうすんだよ、黙ってみてればいいのか、
母　だってそんな急いでどうこうすることじゃないじゃない、そんな叩いて問いつめるみたいにしたって、、
父　じゃあお前なんかしたのか？
母　、、、
父　なんにもしてないで何してんだよ、、お前は、、
母　なんにもしてなくないわよ別に、、
父　…じゃなにしたんだよ。お前の専門だろう？　こういうのは、
母　…WOWOWに入ったわよ、、
父　…は？　なに？
母　WOWOWに入ったの、
父　なんだわうわうって、
母　ケーブルテレビよ。分からないでしょ、、
父　なにを言ってんだお前は？
母　…だからちゃんと考えてるから、、だから絶対、叩くのは、やめて。
父　そんなもん教育だろ…
母　…絶対違うからね、それは。
父　なにが？
母　そんなの絶対教育じゃないからね。叩くのなんて。
父　そんなもん、俺だってバカだチョンだっつって引っぱたかれて育ってんだよ。
母　だってそれのどこがいいことなの？　叩かれて育ったから叩いていいの？
父　そういうこっちゃないだろう。
母　だからあなたは叩かれて育ったから、そうやってすぐ叩いちゃうんでしょ？　だから尚更《なおさら》やめてよ。
父　…俺は恥ずかしいよ、、周りから『息子さん達元気ですか』って聞かれて、、なんて答えればいいんだよ、、土方でコジキになるところですって答えりゃいいのかよ!?
母　…
父　なあ、、俺が帰って来ても、こんなウサギ小屋みたいに散らかった家でな、恥ずかしくって、同僚も呼べねえよ。なんとかしてくれよ、、
母　…私は…私は掃除はできないの…それにじゃあ手伝ってくれればいいじゃない、片づけるの。
父　…

母　汚い汚いとかずっと言うけど、一度だって片づけるの手伝ってくれた？　私は掃除が苦手なの！　子供達の送り迎えとかも、一回だって手伝ってくれたことある？

父　……

母　英里《えり》産まれた時も、病院に来てくれたり、一回だってしてくれた？

父　……

母　パパいっつもそうじゃない。これからは女性の時代だから、って言ってたのに、、

父　……

母　…そうでしょ？

沈黙。

父　…（小岩井に）とにかくお前もう出てけな。

小岩井　…絶対出て行かねえ、

父　なんでだよ!?

小岩井　出て行かない。やしなえ、

父　出てけこのやろー！

父、小岩井を蹴ろうと飛びかかる。

母　やめて！　やめて！

母が父を抑える。

父　出てけ！　出てけよ!!

母　あなたが出てって!!

父　…!?

母　あなたが出てけばいいじゃない！

父　…なに言ってんだお前は。誰が建てたと思ってんだこの家、

母　…

父　何様のつもりだお前は。なんで俺が出て行かなきゃいけないんだよ！

母　だからこの家担いであなたが出て行けばいいでしょ!?　ここは私の家の土地でしょ？

父　…

十二場　岩井家（数年後）

岩井　それでまあ、時間はだいぶ最近になりまして、兄妹達が家を出て、僕も母のＷＯＷＯＷのおかげで家を出て、父と母だけが家に残りました。たまに実家を覗くと、父と母が並んで台所に立っていまして、、お、仲直りでもしたのかな、と思いながら見ていると、

父と母、並んで台所に立ち、何かを作っている様子。

岩井　一言も口を聞かず、

母、ラーメンの丼を持って台所を離れる。

父、同時にお鍋からうどんをすすりながら台所を離れる。

岩井　それぞれがそれぞれの食事を作っていた、といった光景がかなり見受けられました。そんななか、まず、母のほうに、老いといいますか病といいますか、襲いかかります。

母と姉がしんみり座っている。そこに岩井。

岩井　なに…どういうこと？　二週間って、、、？

母　…（泣いて頷く）

姉　…なんか、変な影が、全身のあちこちに映ってて、

岩井　…うん、、

姉　見つかったんだけど、もう、、凄く進んじゃってて、、

母　…ごめんね、、

岩井　…いや、、、なんで謝るの、、

母　（泣く）もっとちゃんと気をつけてれば、、年も年だから、、、ちゃんと調べておけば、もっと早く見つけられただろうから、、、みんなに迷惑も、、、（泣く）

姉　（泣く）しょうがないよそれは、、

岩井、呆然とする。

岩井　…そして二週間が経ちました。

変わらず座っている母と姉。そこに岩井。

岩井　…どう、、したのっていうか、、どう、、なの、、？

母　ごめんね、、

姉　いいよ…

岩井　なに？　どう…？

母　なんか、、、なんにもないって、、

岩井　、、え？

母　ちゃんと調べてもらったんだけど、、癌でもなんでもないって、、

岩井　ええ、、、？

姉　なんか、映ってた影、全部全然違うやつだったみたいで

岩井　えー

母　…ごめんね、、、

岩井　いやいやいいよ、、全然、、よかったじゃない、、

姉、退場していく。

岩井　という空振りもありましたが、そのすぐ後に、本当に癌になってしまいました。悪性リンパ腫でした。どの病院に行っても骨の異常だばっかり言われて、ようやく見つかった頃には、母の片足はズボンもはけないくらいまで膨《ふく》れ上がっていました。癌見つけられなかった病院、全部診察料返せバカ。まあそれで母は、抗がん剤治療に入りました。かなり負担は大きかったですが、幸運にも、抗がん剤治療が効いて、母は地獄の淵から生還いたしました。そしてしばらくして、今度は父が肺がんになりました。手術の一か月前、父は治療に入るために、仕事をやめたそうです。

父が登場し、母に封筒を渡す。封筒から書類を出し、見る母。

父　……
母　大きいね…随分…
父　まあでも、まだ悪性かどうか分かんないから。
母　……
父　関東医大に、人間国宝の肺がん切った先生がいるから。
母　……
岩井　母は、自分の癌の経験から、これがもし、悪性だったら、父の命がかなり短いことを感じたそうです。そして一瞬だけ、「ざまあみろ」と思ったそうです。
母　……

母、診断書を持ったまま、座っている。
父、なんだか部屋をウロウロしている。

母　……
父　ママ、ご飯どうすんだ…
母　……
父　ご飯食べた？
母　…いっつも自分で作ってるじゃない、適当に、

父　……
母　……

父、ウロウロした後、

父　…どっか行かない？
母　…？
父　…どっか、飯とか行かない？
母　…（泣くけどむかつく）
父　…（その様子を見て動揺し）なんだお前…どっか、、
母　…どこによ、、

母、父を見ている。

父　南口の、南口のすぐそこの、、居酒屋とか、
母　……
父　……
母　…行かない、、お酒飲むんでしょう。
父　……
母　……

沈黙。

父　…飲まないから、、

母　…

父　…飯だけ食べるから、、

沈黙。

母　……私お金出さないよ。

父　…いいよそれは、

母　おごってよ。

父　いいよそれは分かったよ。

母　私めちゃくちゃ食べるからね…

父　いいよ食べろよそれは、、

母　その後全部吐くからね。

父　それはやめろよ、、吐瀉物はだめだぞ、、

二人、退場する。

岩井　仕事をやめてから、父はほぼ毎日、母をご飯屋さんに連れて行ったそうです。そして、診察に通っていたある日、結果的にこれは間違っていたのですが、一度、父の肺の腫瘍が、悪性ではない、という診断が下りました。つまり、手術の必要がなくなった。ということです。この日、二人は病院のそばのホテルにご飯を食べにいったそうです。そこは、二人が結婚式を挙げた場所だったそうです。

父、楽しそうに歩く。
少し離れてついて歩く、母。

岩井　そして、結局はその後、父の腫瘍は胸を開いてみないと悪性かどうかも分からないという結論に再びなり、手術が行われ、癌の摘出は成功します。が、肺の切断面が自然に「癒着」しない、という流れになります。

父がベッドに横たわる。それを見ている、母。
父は夢中で母に何かを話しかけているが、その声は

聞こえない。
医師たちが現れ、父の体にどんどん増えていく管。
医師たちは父を通り過ぎるたびになにかしていく。
父の体の色がどんどん変わっていく。
父の口に管が入れられる。
母は父の腕をさすり続ける。
兄、姉が現れる。母、電話をかける。
冒頭の場面へとつながる。

母　もしもし？　秀人？
岩井　はいはい、
母　いま平気？
岩井　うん大丈夫よどうしたの？
母　あんた今来られる？
岩井　え？　なにどこに？
母　関東医大。西新宿の。
岩井　え？　ああ、うん、いけるけど、、え、なんでどうして？
母　パパが、、そろそろ、、
岩井　え？　え？
母　ちょっと、今から来られる？
岩井　いけるいける、、、でも、え、そんなことんなってんの今？
母　いいから、来て、、

十三場　赤十字病院

母と岩井、病室へ。
普通に歩く、母。
母の足下やらなんやらを気にしながら歩く岩井。

岩井　気をつけて…
母　いいよほんとに、一人で、
岩井　いやいいいよ。
母　今日は診察してもらうだけだよ？
岩井　分かってるよ、大丈夫、説明は聞いておかないと、だって、、手術するかもしれないんでしょ？
母　うーん、どうだろうね、、
岩井　だって、しないで済むなら、しないほうがいいと思うけどね、、
母　…まあそうだねえ、、
岩井　ここ、段差あるから、、、
母　うん、、
岩井　（キョロキョロし）分かりづらいな、分かりづらいんだよ病院、、どこに行けばいいいんだよ、、
母　えっとね、、
岩井　あ、ここに病院の地図あるよ地図。どの部屋だよ、、分かりにくいんだよ、、
母　二階の奥だよ。
岩井　二階かよ、くそっ、、なんで病人に階段登らせるかね…段差あるんじゃない？　あそこ。段差じゃない？　階段は見当たらないのに段差はあるんだよくそっ…
母　あっちにエレベーターあるから。
岩井　オッケーじゃあ行こう。段差あるよそこにも。あそこにもあるよ。

医者登場。

医者　どうぞ。

岩井　どうも。

母　どうも、おねがいします。

医者　ああはい岩井さん、、、えーと、、肝嚢胞《かんのうほう》、、と、、どうですか？　あれから。熱が出たり、体調が悪かったりっていうのはありましたか…？

母　うーん、、や、体調のほうは特にこれといって、、ないです。

医者　ああはいそうですか、、

母　ただ、、、気にはなっちゃいますけど、、

医者　、、ああはい、、まあでも大きいですからね結構、

母　やっぱり2リットルくらいのね、、入ってる袋がここにあるって考えると、やっぱり違和感というか、、、ええ、

医者　でもまあ、それが破裂しちゃうというようなことはほぼないんですよね、

母　ええはい、、

岩井　へえ、、

医者　それにね、もし万が一、その嚢胞が中で破裂しちゃったとしても、元々《もともと》肝臓からこう、外に放出されてたものなので、だからそもそも肝臓から体内に放出されてるはずだった体液なので、体に害があるということでもないんですよ。

岩井　ああ、そうなんですか、

医者　ですから、まあ、入院してもらって切って取っちゃうこともできますけど、まあ、、放っておいてもいいものだとは思いますけどね、

母　ああそうなんですね、

医者　そうですね、

岩井　え、切らなくても大丈夫なんですか？

医者　まあそうですね、ええ、特に急いで何かしないと、っていうものでは、（頷く）

岩井　ああ、、（母を見る）

母　…

沈黙。

母　わかりました…ありがとうございます。

岩井　ありがとうございました、、（頷き）じゃあ、行く？

母、岩井、立ち上がり、出て行きかけるが、母が止まる。

母　あ、
岩井　？
母　あそうだ、ちょっとあんた、先出てて。
岩井　あ、うん、、どうしたの？
母　や、ちょっと。うん。
岩井　…え、、なに、、
母　うん、ちょっと。
岩井　…
母　行っててって。だから、、色々あるんだよ。女なんだから、、、
岩井　ああはい、、ああ、はい、、

岩井、出る。
待ってる。
しばらくすると、母、出てくる。

母　…
岩井　…
母　…
岩井　…段差あるよ…
母　うん、、

二人、去っていく。

十四場　岩井家（物置前）

小岩井、歩いてきて、何かを見つける。
その先に、父が現れる。ウィスキーのどでかいボトルを運んでいる。

小岩井　ちょっと
父　…
小岩井　なにしてんの。ちょっと、
父　…

小岩井、物置を覗き込んだ後、

小岩井　ねえ、なにしてんの…？
父　なんだよ、なにがだ。
小岩井　や、これ。
父　（頷き）なんだよ。
小岩井　これ。なにしてんの？
父　なんだっつってんだよお前は？
小岩井　だから、、や、片づいてたでしょ？　ここ。
父　…
小岩井　や、うちらが片づけたんだけど。劇団の物置くのに。
父　…なんだよ置いちゃいけないのか？
小岩井　…置いちゃいけないっていうか、、こんなゴルフとか酒とか並べてるけど、、
父　…
小岩井　…あんたが捨てたゴミが山ほど詰め込まれてるのを、うちらが片づけたんだよ。使わなくなったスキー板とか、ただゴミの詰めこまれた袋とかも山ほどあって、それを全部掃除したんだよ。みんなに手伝ってもらって。産廃屋の業者に二十万とか払って、うちらが片づけたの。

父　……

小岩井　ここは母ちゃんの土地で、母ちゃんに、「あんたたちの物置にでもしない？」って言ってもらって、、、

父　置いちゃいけないのかよ。

小岩井　…置いちゃいけないとかじゃなくてだから、、、

父　そんないじめないでくれよ。もう老いぼれじゃないか、、

小岩井　……（血の気が引く）

父　置かせてくれたっていいだろ？　空《あ》いてるんだから。

小岩井　や、だから…これから物が来たら置くんだよ。

父　いいじゃないかよ、置かせてくれたっていいだろ？　老いぼれをいじめんなよ、、

小岩井　だから、置かせてくれたっていいだろ、ってさ、、置かせてくれって一言だって頼んでもないでしょう？　あんた。断るどころか、コレクションみたいに勝手に並べてんだろ？　…酒とか…ゴルフとかを。

父　……

小岩井　…しかも、、酒とかゴルフだぞ…

父　…そんないじめんなよ、、もう老いぼれだろう？

小岩井　……

父　…もう老いぼれなんだよ…

小岩井　…だからなんだよ？

父　……

小岩井　老いぼれだからいじめんなよってなんだよ、なに言ってんだお前、

父　……

小岩井　こっちが手も足も出せないくらいのちびっ子の時になにした？　お前、

父　……

小岩井　なにした!!!　お前言ってみろよ！

父　……

小岩井、父を引っぱたく。
父、よろよろして倒れる。

小岩井　…嬉しいんだろ？　ほら言えよ。「食らいついてきて嬉しい」って。

父　……

小岩井　それで殴りなよ。ほら。殴んなよ…

父　……

小岩井　教育とか愛情なんでしょう？　なんで殴んないの？　教育とか愛情なのに、一回殴り返されたら、もうやらなくなるの？

父　……ほんとに殴ったのか？

小岩井　……は？

父　……そんなことしてたか？　俺はほんとに、

小岩井　……なにが、、殴ったかどうか？　え？　あんたが？

父　（頷く）

小岩井　え、うちらを？

父　ほんとにそんな殴ったのか？

小岩井　……覚えてないって言ってんの？

父　……

小岩井　……本気で言ってんの？

父　……

小岩井　（頷く）覚えてないのね……分かった。

父　……

小岩井　じゃあさ、覚えてなくてもさ、、、覚えてなかったとしてもさ、次の日の朝に、自分の子供がこんなんなってたんこぶ作っててさ、「どうした？」って聞いたら、「あんたにやられたんだ」って答えてきて、、、それであんたの奥さんも、他の子供もそういってて、、、それでも、酔っぱらってて覚えてないっつって、、、だからあんたは自分が何もしてない、っていうことにできんの？

父　……

沈黙。

岩井が台本を持って出てくる。

岩井　はい、はーい。

という稽古をしていた模様。

岩井　（父に）平気？　結構びんた、

小岩井　すいません、

父　大丈夫大丈夫そのほうがやりやすいし、もっと全然大丈夫

岩井　（小岩井に）あれさ、物置覗き込むの、もっと時間

かけていいや。もうなんか、最初は酒とかゴルフって
いう認識なくて、ただ色々置いてあるって思ってた
ら、見てるうちに、あれ？　・・・って思って、グッ
グツグツ、、みたいになるっていうか…

小岩井　ああはい、、、そっちか、、
岩井　うん、他のところはいいから凄く、
小岩井　はい、、、
岩井　父は、、、うーん、、なんだろ、、、、うーん、、、

沈黙。

岩井　、、うん、でもとりあえず今の方向でいいかな、、
父　（頷く）
岩井　じゃあ、ちょっといったん休憩にしますー。

劇団員たち「はーい」と、方々に散る。
岩井、座ってボーッとしている。
しばらくすると、姉が出てくる。

姉　え？　あんた聞いてなかったの？
岩井　…
姉　…そうか、、
岩井　…
姉　まあ、わたしもびっくりはしたんだけど、、うん、、
岩井　ええ？　でも、なんで？
姉　え？
岩井　なんでそういう判断になるの？
姉　ああ、、うーん、、
岩井　だって、切らなくていいんだよ？　俺も一緒に聞
いてたし
姉　うん、、、
岩井　や、言ってたんだよお医者さんも。もし仮にお腹
の中で破裂したって、その、、中にある液体が、別に
体に悪い物じゃないから、みたいなこと言ってて、、
姉　うん、、
岩井　なんで切るっていう判断になるんだ、、
姉　…

岩井の視界に入らないところで劇団員達が遊び始める。
（葬式ごっこ）

岩井　…だってお姉ちゃん、今、なにかしらの理由で外科手術とかってなったら、受ける？
姉　や、、、まあ今はね～、さすがに、、、
岩井　だよね？
姉　あんなことがあったばっかりだし、、
岩井　そう、そうだよね？　そうだよね…
姉　確かに、、わかんないね、、

沈黙。

岩井　なんか、、リベンジみたいなことかな、、
姉　…なにそれ？　リベンジ？
岩井　なんか、、ああいうことがあったけど、それでも、、、それでも、私は、、信じる、、とか、、
姉　ああ、、うーん、、、
岩井　うーん、、
姉　でもそこまであれじゃないんじゃない？
岩井　…そう？
姉　うん、、気になるんじゃない？　単純に。
岩井　…（頷く）
姉　ずっとここに、なんかある、って思いながら、ずっといるっていうのはさ、、
岩井　まあ、、そうか、、

姉、去る。

岩井　…

劇団員がゲラゲラ笑っている。

岩井　なに？

近づいていくと一人から「シー」とされる岩井。
劇団員の一人が顔に布をかけ、床に倒れている。
「死んだ時に笑わない練習」などと言いながらそのまわりを正座して取り囲んでいる他の面々。
岩井もそこに参加して、「自分が死んだ時の気分」を味わおうとする。

十五場　岩井の仕事部屋

岩井が台本を読みながら苦悶《くもん》している。
そこに母が入ってくる。

母　あんた知ってる〜？
岩井　だからノックしてってってのに…
母　（無視）あんたゴミ出しなさいよ。
岩井　うん、

母、なんかいる。

母　…
岩井　なに？
母　…なにが、
岩井　や、なんか知ってる〜？　って言って入ってきたでしょ、今。
母　あそうそう、見る？
岩井　なにを、
母　や〜〜、、ほんとだったわ、、
岩井　、、なにが？　主語は？　主語ずっとどっか行ってんじゃん
母　だって言ってたでしょ？　凄まじく体に優しいって、
岩井　、、誰が？　主語。
母　…

母、おもむろに着ているシャツをめくり始める。
とっさに止める岩井。

母　なに？
岩井　…なに？
母　なに、

岩井　なにをしてんの？
母　や、見せるって、
岩井　やだよ。なにを？
母　いいから、やらせて、

母、シャツをめくる。四つの大きめのホクロのような物がある。

岩井　わあなにしてんだよ！　…え、なにこれどうしたの？
母　これ、手術の。
岩井　え、、？　これ？　えっと、、袋を取った手術の？
母　そうそう、すごくない？
岩井　…え、、袋ってだって、すごいデカかったんでしょ？
母　そうだよ、こんなあったよ2リットルだから、、
岩井　え、それでなんでこんなもんで済んでんの？
母　（点を指し）こっからカメラ入れて、
岩井　カメラ？
母　こっちから細いハサミとか入れて、、あれ、他の穴はなんなんだろう、、
岩井　…え、、
母　だから先にお腹の中で袋から水だけ抜いて、あ、だからその管を出してた穴かな、これが。
岩井　…
母　そんで、袋から水抜いて、袋をここからツルツル〜って引き抜いて。
岩井　…
母　まあだからこれが、、腹腔鏡手術ね。
岩井　、、

母も自分で見ようとして、さらに服をめくると、乳首が見えてしまう。

母　あ
岩井　うわっ
母　…
岩井　…

おわり

て／夫婦

特別付録

上演記録

あとがきにかえて

岩井秀人

ご覧いただけただろうか。

東京の片隅にある小金井市に住む我が家の、「取り違えた父権」を絵に描いたようなキレ父を中心にした顚末を。

『て』を書いてから10年、『夫婦』を書いてから2年ほど経ち、多くの人々の目にその顚末を晒してきた僕が今、主に思っていることは「もう書かなくてもいいんじゃないでしょか？」である。

そりゃそうだ。自分の生きてきた上でのことを書いてきた。そして『夫婦』にも書いてあるとおり、今まで書いてきた作品の中心にあったモチーフである父が、この世からいなくなったのだ。

思えば、かれこれ15年ほど前に劇団を立ち上げた。舞台上には、僕が演劇の大学に通ってた頃の、あまりにめちゃくちゃな論理で演出をし、そのめちゃくちゃさ加減に自分で興奮し怒鳴り散らす教授をモチーフにした「品川先生」なる役人物が立っていた。演じていたのは、僕自身だ。この「品川」のセリフなら、僕はいくらでも書き続けることができた。彼は人々を感動させる作品を作りたいのだが、その方法が分からない。そもそも自分が何をもって感動するのかも分からないし、どういったものが人々の心に感動を呼び起こせるのかも分からない。ただ唯一、自分が興奮することで、その「感動」に似た感覚を持つことができた。だから彼は、その興奮を「指導」という名の元に若い俳優にぶつけるという行動を取りつづけた。田舎の高校で演劇をし、18歳で東京に出てきたばかりの生徒たちは、まったく論理のない恫喝を受け、極度に緊張するしかない。

その緊張状態での演技は、本人が意図する以上のテンションを醸し出す。それをみて、教授はなんとか落ち着きを取り戻した。

いってみれば、生徒全員を病ませながら、教授だけが少し癒されるタイプのひどい心理療法だった。そのとてつもない緊張感に包まれる稽古場、教授が「もっと自分の弱点をさらけ出せよ！」と生徒全員に恫喝した後の静まり返った空気のなかで、僕はずっと確信していた。

「どうかこの空間を客席で囲んでくれ。そうすればこれはすべて喜劇になるのに」と。

そして何年か経ち、劇団の公演で、その教授をモデルにした品川先生はお客さんたちに大いにウケた。僕は進んでそのキャラクターを登場させ、お客さんと笑いながら、大学時代の理不尽さを、社会の日を通して喜劇化していた。

やがて、その「品川先生」の恫喝に至る精神の構造が、何かに似ていることに気づいた。

そう。父である。「自分は現在に至るまで、血の滲むような苦労をしてきた。それを思い知れ」という論理で、コンスタントに深夜2時間に及ぶ苦労話の最後に、泣きながら僕たち兄妹を殴った父が品川先生のキャラとかぶっていたのである。そのキャラの根源となっている「俺を理解して欲しい」という欲求と「でもその方法がわからんから吠える、または殴る」という精神構造が、教授と父、まったく一緒だったのだ。セリフも似ている。大学の卒業公演のパンフレットに、卒業公演以外の公演に出ている俳優も掲載したい、という僕の論理を打ち崩せなかった教授が言った「じゃあ、俺がすべて悪いってことだな!?」という言葉とその声の震えと、毎度おなじみの苦労話をした父が、ポカーンとしている我々兄妹に放った「俺はなあ…毎朝毎朝…自分の尻の穴を自分の尻の穴に…戻してるんだぞ!!!」（父は飛び出す系の痔だった）という言葉とその声の震えは、とても似ていた。

こういった「俺はこの家族並びに大学というコミュニティーのなかで唯一無二の存在でなくてはならない。さて興奮して吠えるために今日も話し出してみます」という精神構造からくる台詞回しの「品川先生」「岩井の父」は、お客さんたちのなかで人気のキャラクターとなった。そして僕は、それらを嬉々としてセリフ化し、舞台上に登場させ、お客さんとともに笑いながらも、一抹の不安を感じた。

「待てよ…このセリフをスラスラ書けるってことは…」

大いに思い当たる節があった。僕自身も大学時代、あまりに演出が上手くいかなくて、機敏な動きができない俳優をビンタしたこともあるし、どういった流れだか分からないが、気がついたら俳優の両肩を摑んで「人間の不思議!! ねえ! 人間の不思議!!」と叫んでいたこともある。

悲しいかな、敵を描き、敵を知ろうとしているうちに、自分自身を知ることとなったのだ。

この文章を書いているうちに「やべえ、終わらないぞこの話」と思い始めている僕自身がいる。なぜなら、この文章は始まって5行目くらいに「もう、書かなくてもいいんじゃないか」と書いてしまっている故、「もう書きたくない理由は…」という方向にこの文章を進めなくてはいけないのだが、なかなかそこに辿りつけないのだ。

最大のモチーフであった父が死んだ。そしてそのことはすでに演劇として書いた。だからもう父について書く必要はないはずだ。わたしはモチーフを失ったのだから。という文章を書こうと思っていたが、モチーフが教授から父になったというだけで完結していない文章になってしまった。まずい。モチーフの矢印が「父」から「自分」へと向かってしまっている。なんだか嫌な暗示を感じつつ、締めくくらせていただく。

『みる』

岩井通子

その年、『夫婦』の舞台が始まった。眼の前では夫が臨終に至る様子が繰り広げられている。観客のはずの私にその時の情景と感情がよみがえってくる。

まだ客観的に捉えられない過去。50年近い夫婦の生活の途中で、考えの相違などを一時棚上げにして闘病体勢を組んだ矢先に、あまりにも速く襲ってきた死。気持ちの準備ができないまま突如シャットダウンされたようで、怒りと悲しみから逃れられず私は今も混乱の中にいる。

『て』は私と原家族との60年の、『夫婦』は私と夫と子供たちの47年の生活の大きな区切りで、私演劇という分野があるなら、秀人にとってもこのふたつのエピソードは欠かせなかったのだろう。題材として描かれることは、自分達家族を客観視する機会でもあり、再体験に傷つくことでもあったりする。

事前のインタビューを受けることはあるが、それをどう描くかは作家の作業なので、素材提供者でも公演の日に初めて見るほかない。個々のエピソードの細部が非常にリアルなこともあるし、そんな風に見えていたのかと驚かされることもある。肖像画と同じで、誰がモデルでも、写実的にも印象主義的にもなると思うことにしているが、友人などが観たあとに、事実かどうかを聞いてくる際には「ドキュメンタリーではないから」と逃げることにしている。事実を芯にしていても、それを「なに」で「どう」くるんで仕上げるかは作家の技で、作品と素材は別物。それを受け入れようという家族の覚悟は、彼の思春期からの長いひきこもり生活を原因として徐々に築かれていった。

彼は幼い頃から敏感で多動な子だった。小学校では興味の赴くままに動いては無防備なゆえに傷つきやすく失敗体験が多かった。集団の中では問題児だが、面白い子だった。

思春期に、仲良しだったはずの友達と悩みを理解し合えず、抽象的な話を共有する人が見出だせなくて失望し、やがて孤立感を持ち、徐々に内へ内へとこもりがちになっていった。

本人に合うような環境に何とか出会わせてやりたいと思ったが、中学では学校の要求する形に適合することができず、非難されることが多くなり、自己防衛の殻をまとって、外に、人に、再び触れてみようとするまでに長い時間を要することとなった。

特に親や教師などの権威的な接し方に抵抗が強く、社会への不信感が募ってTVやゲームなど安全な一方向のコミュニケーションに偏っていった結果、不登校になってからは1日の大半を画面に向かって過ごし、話しかけても答えず、表情も乏しくなり危機的状況になっていった。

この頃の彼は、傍《かたわら》から見ると崖縁を伝って歩くようで、私はハラハラしながら、いつ落ちるか、こちら側へ戻ってくるのか向こう側へ落ちて精神的に病むようになるのかと思い、自力で戻って来るのを祈りつつ待つほかなかった。母親としては少しでも健康な感受性を保って過ごして欲しいと思ったが、そのころ放映の始まったWOWOWで彼の好きだった映画と欧州のサッカー中継を見られるようにすることと、毎日の食事を調えることくらいしか思いつかなかった。

話しかけられた時は先を急いだ質問をせず、彼のペースで耳を傾けるよう心がけてはいたが、「人は何のために生きているのか？」といった本来は同年代の友人と話すようなことが親子の話のテーマになり、意見を闘わせながら自分の考えを形成してゆく仲間がいないことを私は内心危惧していた。

学校でも、部活中にも、塾など学校外でも適当な友人に出会えなかった。本人も心を開かなかったのだろうし、親もそういう相手を見出せる機会を作ってやることができなかった。

その時点では、もしも心が病んでいると診断されて彼に障害が残るようなことがあれば、私はそのために臨床心理学を学んできたと思おう、誤った対応を少なくして家族もできるだけ辛くなく彼を受容して生活していけるようにという意味もあって、選んで長い間学んできたのだと考えよう、と思っていた。

参加できそうな環境を試行錯誤するうちに、偶然1枚のチラシを目に留めて行ってみた「市民塾」で演劇の講師や異年齢の塾仲間に認められ、大学で演劇を通して自分の内面を表現してみる方向へ、気持ちが急速に動いていった。

高校までは、彼が登校できるかと兄姉も毎朝一緒に緊張していた時期もあった。大学に入学した時は、取りあえず高校中退から脱せると思ったが、それどころか登校したら帰りは夜。親しい友達ができ、夜まで大学周辺で語り合い、私鉄の終電に遅れて帰れなくなった人たちを連れて帰っては夜を徹して話したりするようになった。休みには北海道までドライブに行く親友もできた。5年遅れての入学だったが、年齢差にもかかわらず共感を持てる友達との出会いは非常に大きな転換点だった。

授業ではどの課目も演劇と結びつき、何故この勉強をしなければならないかと疑問に思うようなことはなく、今までの在学校と違うと言い、期末ごとの公開試験という名の学内の公演では、友達とグループで、また単独で、生き生きと演じる姿が見られた。

それまで殻の中のサナギのような状態の彼が、時々外に出てみてはまた閉じこもるのを5年に渡って観ていたので、このような速度で大学にも友達にも適応していくとは家族の誰も期待していなかったのも、彼にとってはむしろ良かったかもしれない。以前のように何もかも親に話したり相談したりはしなかったので、細かいことは推察するしかないが、すでに20代になっていたのでそれが妥当な姿だと親としても見守ることができた。

ここ数年、彼の描くもののテーマは、身近な出来事から離れ、取材対象者やワークショップ等で出会う人のエピソードを素材とするようになってきている。それを経験した本人に文章や台本を書いて演じてもらうという、かつて自分が辿ってきた道を体験するワークを「ワレワレのモロモロ」として試みる機会が多くなっているようだ。自分に起きたことを他の人や物の視点で見ることでより深く理解するという、心理学の分野でのサイコドラマに通じるものがあり、私にとっても興味深い。

観客としての私は、初めは舞台上で彼自身が演じる私に、驚いたり違和感を感じたりしたが、最近は男性の俳優さんの演じる「私」のなかに私自身が見える不思議を楽しむ余裕も無くはない。

いつも自分たちがどういう形で登場するのか事前には知らされずに舞台を観る兄姉妹達も、時には心が傷むこともあるだろうが、それも含めて愉しむ術を心得ているのだと思う。

現在の彼は、さながら好奇心に満ちてあちこち歩き回っていた幼虫が、やがて自分の吐き出す糸で身を守りながらサナギになり、5年の時を経て殻を破って出てきて羽の拡がるのを待っているかのようだ。殻を脱いで出てきたのは蝶か蛾か、何なのかまだ定かではない。いつか広い空へと羽ばたいて飛んでいくのだろうか。これからも私は、ハラハラ、ドキドキ、ワクワクしながら観客席に居るしかない。

略歴　上智大学大学院文学研究科心理学修士課程修了。大学病院や総合病院の精神科、大学の学生相談室で臨床心理士。現在は、地域の独居高齢者や介護者の集う場をボランティアスタッフ8名で週5日運営して20年になる。

て

© 岩井泉　2008 年初演より

て

© 岩井泉　2008 年初演より

上演記録

ハイバイ『て』

作・演出：岩井秀人

2008年6月18日(水)〜23日(月)@駅前劇場

助成＝平成20年度芸術文化振興基金
企画・製作＝ハイバイ・有限会社 quinada

キャスト

母　通子 ………………… 岩井秀人（ハイバイ）
父 ………………………… 猪股俊明
太郎　長男 ………… 吉田 亮
よしこ　長女 ………… 能島瑞穂（青年団）
次郎　次男 ………… 金子岳憲（ハイバイ）
かなこ　次女 ………… 上田 遥
井上菊枝　通子の母 … 永井若葉（ハイバイ）
前田　次郎の友人 … 町田水城（はえぎわ）
和夫　よしこの夫 … 平原テツ

牧師 ……………………… 古舘寛治（青年団・サンプル）
葬儀屋 …………………… 高橋周平
葬儀屋 …………………… 折原アキラ

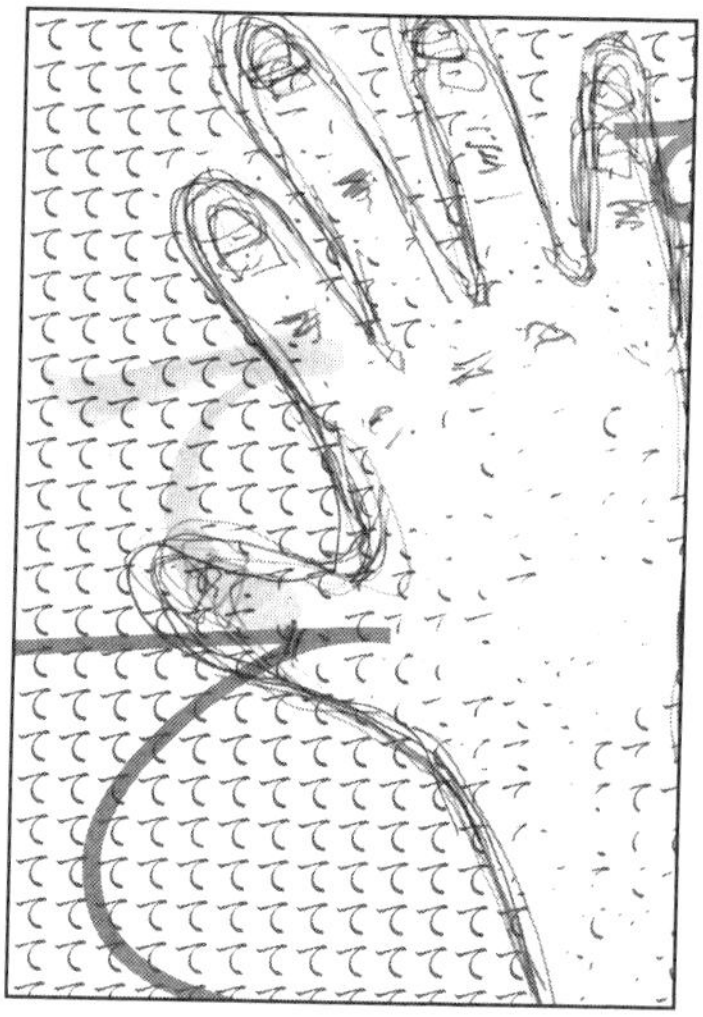

スタッフ

舞台監督＝田中 翼　舞台美術＝小林奈月　照明＝松本大介 (enjin-light)　音響＝長谷川ふな蔵
衣装＝mario　小道具＝T-BOY 坂口　記録写真＝岩井 泉　記録映像＝TRICKSTERFILM
宣伝イラスト＝岩井秀人　宣伝美術＝土谷朋子 (citron works)　当日運営＝原田 瞳　制作＝三好佐智子

ハイバイ『て』

作・演出：岩井秀人

2009年9月25日(金)〜9月26日(土)プレビュー

2009年10月1日(木)〜10月12日(月・祝)@東京芸術劇場　小ホール1

助成＝平成21年度芸術創造活動特別推進事業
提携＝東京芸術劇場(財団法人東京都歴史文化財団)
企画・製作＝ハイバイ・有限会社 quinada

2009年10月24日(土)〜10月25日(日)@北九州芸術劇場　小劇場

企画＝ハイバイ・有限会社 quinada
製作＝ハイバイ・有限会社 quinada・北九州芸術劇場

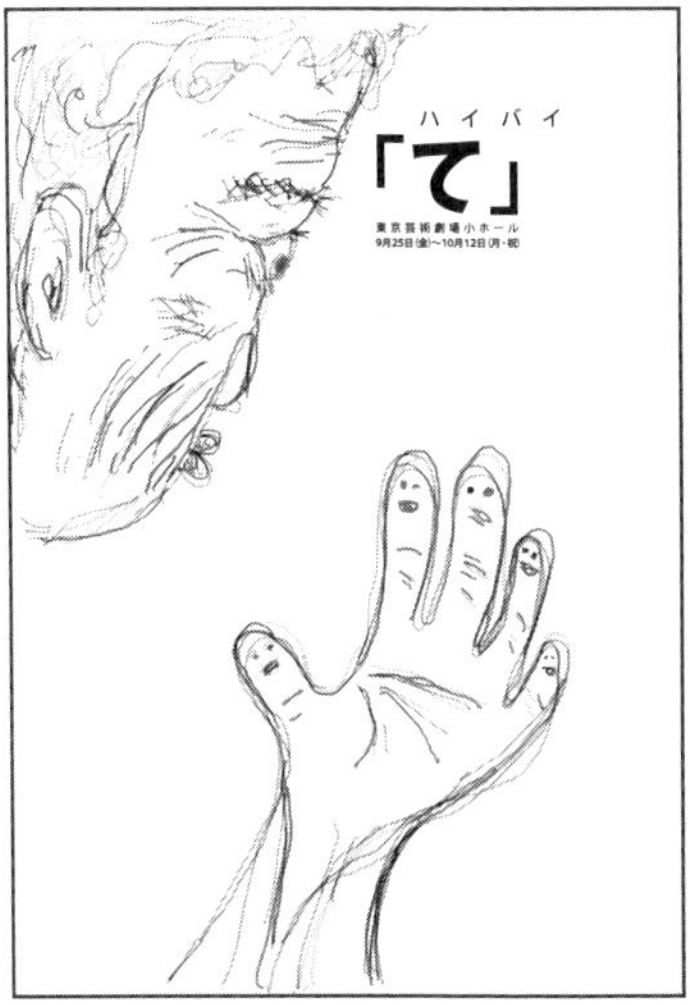

キャスト

母　通子	………………	菅原永二(猫のホテル)
父	………………………	猪股俊明
太郎　長男	…………	吉田亮
よしこ　長女	…………	青山麻紀子 (boku-makuhari)
次郎　次男	…………	金子岳憲(ハイバイ)
かなこ　次女	…………	上田遥
井上菊枝　通子の母	…	永井若葉(ハイバイ)
前田　次郎の友人	…	町田水城(はえぎわ)
和夫　よしこの夫	…	平原テツ
牧師	……………………	大塚秀記
葬儀屋(細)	……………	坂口辰平(ハイバイ)
葬儀屋(太)	……………	用松亮

スタッフ

舞台監督＝谷澤拓巳　演出部＝福本朝子　美術＝土岐研一　照明＝松本大介　照明操作＝和田東史子
音響＝長谷川ふな蔵　衣装・小道具＝mario　記録写真＝曳野若菜　記録映像＝TRICKSTERFILM
宣伝イラスト＝岩井秀人　宣伝美術＝土谷朋子 (citron works)　制作－三好佐智子・古田直美・坂田厚子

ハイバイ 10 周年記念全国ツアー
ハイバイ『て』

作・演出：岩井秀人

2013 年 5 月 21 日 (火) 〜 6 月 2 日 (日) @ 東京芸術劇場　シアターイースト
助成 = 平成 25 年度文化芸術振興費補助金 (トップレベルの舞台芸術創造事業)
提携 = 東京芸術劇場 (公益財団法人東京都歴史文化財団)　主催 = ハイバイ・有限会社 quinada

2013 年 6 月 5 日 (水) 〜 6 日 (木) @ AI・HALL
共催 =AI・HALL　主催 = ハイバイ・有限会社 quinada

2013 年 6 月 8 日 (土) 〜 9 日 (日) @ 三重県文化会館　小ホール
提携＝レディオキューブ FM 三重　主催 = 三重県文化会館

2013 年 6 月 11 日 (火) 〜 13 日 (木) @ 北九州芸術劇場　小劇場
提携 = 北九州芸術劇場　主催 = ハイバイ・有限会社 quinada

2013 年 6 月 15 日 (土) 〜 16 日 (日) @ 四国学院大学　ノトススタジオ
主催 = 四国学院大学

2013 年 6 月 22 日 (土) 〜 23 日 (日) @ 生活支援型文化施設コンカリーニョ
提携 =NPO 法人コンカリーニョ　主催 = ハイバイ・有限会社 quinada

キャスト

母　通子 ………………… 岩井秀人
父 ………………………… 猪股俊明
太郎　長男 ………… 平原テツ
よしこ　長女 ………… 佐久間麻由
次郎　次男 ………… 富川一人
かなこ　次女 ………… 上田 遥
井上菊枝　通子の母 … 永井若葉
前田　次郎の友人 … 高橋周平
和夫　よしこの夫 … 奥田洋平

牧師 …………………… 小熊ヒデジ
葬儀屋 ………………… 用松 亮
葬儀屋 ………………… 青野竜平

スタッフ

舞台監督 = 谷澤拓巳　舞台美術 = 秋山光洋　照明 = 松本大介　照明操作 = 和田東史子
音響 = 高橋真衣・中村嘉宏　楽曲提供 = 森 隆文　衣裳 = 小松陽佳留 (une chrysantheme)　衣裳助手 = 白井翔子
大道具 =C-COM・美術工房拓人・オサフネ製作所　小道具製作 = 細淵裕子　宣伝・記録写真 = 曳野若菜
記録映像 = トーキョースタイル　WEB= 斎藤 拓　宣伝美術 = 土谷朋子 (citron works)
票券 = 冨永直子 (quinada)　制作 = 三好佐智子 (quinada)・坂田厚子 (quinada)・藤木やよい・西村和晃
企画 = 岩井秀人・三好佐智子

ハイバイ 15 周年記念同時上演
ハイバイ『て』
作・演出：岩井秀人

2018 年 8 月 18 日 (土) ～ 9 月 2 日 (日) @東京芸術劇場　シアターイースト
助成 = 文化庁文化芸術振興費補助金 (舞台芸術創造活動活性化事業)
提携 = 東京芸術劇場（公益財団法人東京都歴史文化財団）
主催 = 有限会社 quinada・ハイバイ

2018 年 9 月 7 日 (金) ～ 8 日 (土) @高知県立県民文化ホール　オレンジホール (舞台上舞台)
主催 = 高知県立県民文化ホール

2018 年 9 月 15 日 (土) ～ 9 月 16 日 (日) @アルカス SASEBO　大ホール特設劇場
助成 = 文化庁文化芸術振興費補助金 (劇場・音楽堂等機能強化推進事業)　独立行政法人日本芸術文化振興会
後援 = 佐世保市・佐世保市教育委員会
主催 = アルカス SASEBO

2018 年 9 月 22 日 (土) ～ 9 月 23 日 (日) @AI・HALL(伊丹市立演劇ホール)
共催 = 伊丹市立演劇ホール
主催 = 有限会社 quinada・ハイバイ

キャスト
母　通子 ………………… 浅野和之
父 ………………………… 猪股俊明
太郎　長男 ………… 平原テツ
よしこ　長女 ………… 安藤 聖
次郎　次男 ………… 田村健太郎
かなこ　次女 ………… 湯川ひな
井上菊枝　通子の母 … 能島瑞穂
前田　次郎の友人 … 今井隆文
和夫　よしこの夫 … 岩瀬 亮

牧師 …………………… 松尾英太郎
葬儀屋 ………………… 佐野 剛
葬儀屋 ………………… 長友郁真

スタッフ
舞台監督 = 谷澤拓巳・高橋大輔　舞台美術 = 秋山光洋　照明 = 松本大介　音楽 = 森 隆文　音響 = 中村嘉宏
衣裳 = 高木阿友子　演出部＝山崎 牧　宣伝写真 = 平岩 享　宣伝美術 = 土谷朋子 (citron works)
櫻井靖子 (タピテオワークス)　コピー = 久世英之　WEB デザイン = 斎藤 拓
票券 = 加藤裕子 (quinada)・中俣亜矢子 (ローソンチケット)　制作 = 坂田厚子 (quinada)・小中奏香
プロデューサー = 三好佐智子 (quinada)

夫婦

© 青木司　2016 年初演より

上演記録

ハイバイ『夫婦』

作・演出：岩井秀人

2016年1月24日(日)～2月4日(木)@東京芸術劇場　シアターイースト

助成＝文化庁文化芸術振興費補助金(トップレベルの舞台芸術創造事業)
提携＝東京芸術劇場(公益財団法人東京都歴史文化財団)
主催＝有限会社 quinada・ハイバイ

2016年2月13日(土)～2月14日(日)@北九州芸術劇場　小劇場

提携＝北九州芸術劇場(公益財団法人北九州市芸術文化振興財団)
主催＝有限会社 quinada・ハイバイ

キャスト

母 ……………………………… 山内圭哉
父 ……………………………… 猪股俊明

兄 ……………………………… 平原テツ
姉 ……………………………… 鄭 亜美
小岩井(過去の岩井) ……… 田村健太郎
女医 …………………………… 川面千晶
術後の治療担当医　森本 … 高橋周平
葬儀屋 ………………………… 岩井秀人

岩井 …………………………… 菅原永二

スタッフ

舞台監督＝谷澤拓巳　舞台美術＝秋山光洋　照明＝松本大介　音響＝中村嘉宏　衣裳＝髙木阿友子
衣裳助手＝山中麻耶　映像＝久田歩美　演出助手＝池田 亮　演出部＝渡邉亜沙子　WEB＝斎藤 拓
記録映像＝トーキョースタイル　記録写真＝青木 司　宣伝美術＝土谷朋子 (citron works)
宣伝写真＝平岩 享　コピー＝久世英之　票券＝冨永直子 (quinada)
制作＝藤木やよい (quinada)・坂田厚子 (quinada)
プロデューサー＝三好佐智子 (quinada)

ハイバイ 15 周年記念同時上演

ハイバイ 『夫婦』

作・演出：岩井秀人

2018 年 8 月 23 日 (木) 〜 9 月 2 日 (日) @ 東京芸術劇場　シアターウエスト

助成 = 文化庁文化芸術振興費補助金 (舞台芸術創造活動活性化事業)
提携 = 東京芸術劇場 (公益財団法人東京都歴史文化財団)
主催 = 有限会社 quinada・ハイバイ

キャスト

母 ……………………………… 山内圭哉
父 ……………………………… 岩井秀人

兄 ……………………………… 遊屋慎太郎
姉 ……………………………… 瀬戸さおり
小岩井（過去の岩井） ……… 渡邊雅廣
女医 …………………………… 川上友里
牧師 …………………………… 八木光太郎

岩井 …………………………… 菅原永二

スタッフ

舞台監督 = 谷澤拓巳　舞台美術 = 秋山光洋　照明 = 松本大介　音楽＝森 隆文　音響 = 中村嘉宏
衣裳 = 髙木阿友子　演出部 = 渡邉亜沙子　演出助手 = 池田 亮　宣伝写真 = 平岩 享
宣伝美術 = 土谷朋子 (citron works)・櫻井靖子 (タピテオワークス)　コピー = 久世英之　WEB デザイン = 斎藤 拓
票券 = 加藤裕子 (quinada)・中俣亜矢子 (ローソンチケット)　制作 = 藤木やよい (quinada)・富田明日香 (quinada)
プロデューサー = 三好佐智子 (quinada)

著者略歴
一九七四年六月二五日東京都生まれ
桐朋学園短期大学部演劇専攻卒業
ハイバイ主宰（劇作家・演出家・俳優）
青年団演出部所属
第三十回向田邦子賞受賞
第五十七回岸田國士戯曲賞受賞

主要作品
『て』
『ヒッキー・カンクーントルネード』
『投げられやすい石』
『ある女』
『おとこたち』
『夫婦』
『ヒッキー・ソトニデテミターノ』

上演許可申請先
有限会社quinada（キナダ）
TEL: 090-9393-0809
MAIL: miyoshi@quinada.net
WEB: http://hi-bye.net/

て／夫婦

二〇一八年八月一五日 印刷
二〇一八年八月三〇日 発行

著者 © 岩《いわ》井《い》秀《ひで》人《と》
発行者 及川直志
印刷所 株式会社三秀舎
発行所 株式会社白水社
東京都千代田区神田小川町三の二四
電話 営業部〇三（三二九一）七八一一
編集部〇三（三二九一）七八二一
振替 〇〇一九〇‐五‐三三二二八
郵便番号 一〇一‐〇〇五二
www.hakusuisha.co.jp
乱丁・落丁本は送料小社負担にてお取り替えいたします

株式会社松岳社

ISBN978-4-560-09420-4

Printed in Japan

白水社刊・岸田國士戯曲賞 受賞作品

神里雄大	**バルパライソの長い坂をくだる話**	第62回（2018年）
福原充則	**あたらしいエクスプロージョン**	第62回（2018年）
上田 誠	**来てけつかるべき新世界**	第61回（2017年）
タニノクロウ	**地獄谷温泉 無明ノ宿**	第60回（2016年）
山内ケンジ	**トロワグロ**	第59回（2015年）
飴屋法水	**ブルーシート**	第58回（2014年）
赤堀雅秋	**一丁目ぞめき**	第57回（2013年）
ノゾエ征爾	**○○トアル風景**	第56回（2012年）
矢内原美邦	**前向き！タイモン**	第56回（2012年）
松井 周	**自慢の息子**	第55回（2011年）
蓬莱竜太	**まほろば**	第53回（2009年）
三浦大輔	**愛の渦**	第50回（2006年）